I0602307

MIT DIESEM SCHWUR

Windswept Bay, Buch Sieben

DEBRA CLOPTON

Mit Diesem Schwur

Copyright © 2020 Debra Clopton Parks

Bei diesem Buch handelt es sich um eine erfundene Geschichte. Die Namen und Charaktere entspringen der Vorstellung der Autorin oder werden fiktiv verwendet. Jegliche Ähnlichkeit mit einer tatsächlichen Person, lebendig oder tot, ist rein zufällig.

Alle Rechte vorbehalten. Kein Teil dieser Publikation darf ohne die vorherige schriftliche Genehmigung des Herausgebers reproduziert, vertrieben oder in irgendeiner Form oder mit irgendwelchen Mitteln, einschließlich Fotokopie, Aufzeichnung oder anderen elektronischen oder mechanischen Methoden übertragen werden, außer im Falle von kurzen Zitaten in Rezensionen und für bestimmte andere nichtkommerzielle Nutzungen, die vom Urheberrecht erlaubt sind. Für Genehmigungsanfragen kontaktieren Sie bitte die Autorin über ihre Website: debraclopton.com/deutsch

Mit Diesem Schwur

Nachdem ein Spezialeinsatz schrecklich missglückte, ist Max Sinclair zuhause und sieht sich der Eventualität gegenüber, seine Karriere, die er liebt und mit der er seinem Land dient, zu verlieren. Als er die neue Wirtschafterin des Gestüts seines Bruders kennenlernt, fühlt er sich zu ihr hingezogen und lebendiger.

Nach einer schwierigen Situation mit ihrem ehemaligen Chef nimmt Kelsey Malone den Job als Geschäftsführerin des Windswept Bay Gestüts von Cam Sinclair an. Von dem Moment, in dem sie seinen Bruder Max bei Cams und Lanas Verlobungsfeier gesehen hat, war sie von ihm angezogen. Doch ihr Dad war Berufssoldat und hat sein Leben für sein Land gegeben – Kelsey hat sich geschworen, das nie wieder durchzumachen und verabredet sich nicht mit Männern aus dem Militär. Doch die Dinge werden kompliziert, als ihr Ex-Chef auftaucht und Max einschreitet, um sie zu beschützen.

Kann Liebe die Herzen dieser zwei verwundeten Seelen heilen? Willkommen zurück an den wunderschönen Sonnenuntergangsküsten von Windswept Bay, wo es mit der Romantik weitergeht…

KAPITEL EINS

Kelsey Malone folgte der Servicemitarbeiterin durch den vollen Restaurantbereich zur hinteren Terrasse des Paradise Grills. Das Restaurant am Strand war – nach dem, was ihr erzählt wurde – ein beliebter Treffpunkt bei den Einheimischen und Touristen von Windswept Bay. Heute Abend war die Verlobungsfeier ihres Chefs, Cam Sinclair und seiner zukünftigen Braut, Lana Presley. Seine Familie veranstaltete sie für ihn und obwohl der Familie das Windswept Bay Resort gehörte, hatte Cam Kelsey erzählt, dass sie Familienfeiern häufig, so wie jetzt, außerhalb des

Resorts veranstalteten.

„Da sind wir." Die Servicemitarbeiterin öffnete die Tür. „Die Feier findet auf der linken Seite statt."

„Dankeschön." Kelsey atmete tief durch und trat auf die Terrasse. Sie war noch nicht lange in der Stadt und kannte niemanden wirklich gut. Sie kannte Cam und Lana und dann Levi Sinclair – den Polizeichef – und seine Frau, Jessica. Sie war zur ihrer Hochzeit eingeladen gewesen, aber im Großen und Ganzen hatte sie mit niemandem wirklich lang genug Zeit verbracht, um sie tatsächlich zu kennen.

Aber heute Abend war eine Chance, um Beziehungen aufzubauen. Das war eines von Kelseys Zielen, als sie diesen Job, die Leitung des Gestüts für Cam zu übernehmen, angenommen hatte… um ein neues Leben zu beginnen und im Wesentlichen ein Leben aufzubauen und sich niederzulassen. Kelsey hatte nie wirklich irgendwo Wurzeln geschlagen und das sollte sich nun ändern.

Partylichter waren überall aufgespannt und die Liveband spielte von Spaß, Strand und Hochzeit inspirierte Musik. Der Mond schimmerte auf dem

Wasser, das man von der Terrasse aus sehen konnte und sie atmete die salzige Luft ein. Sie hatte sich schnell in die Stadt und die Gegend verliebt. Kelsey war Pferdetrainerin und nicht viele Ranches lagen nahe am Strand, daher hatte sie nie viel Zeit in Gegenden wie dieser verbracht. Was bedeutete, dass die Leitung eines Pferdereitstalls am Strand für sie eine einzigartige Gelegenheit war, die sich zum perfektesten Zeitpunkt und wie von Gott gesandt ergeben hatte.

Ihr Blick fand den gutaussehenden Cam Sinclair. Sie spürte überwältigende Dankbarkeit für den Mann, der nicht auf Tratsch gehört und sie trotzdem wegen ihrer Leistungen, Ausbildung und Reputation eingestellt hatte.

Ihr Blick wanderte zu Cams Bruder Levi. Er und seine Frau Jessica waren herzlich und wundervoll zu ihr gewesen. Ihr Blick wurde fast unmittelbar auf den attraktiven Mann neben Levi gezogen – in seinen Augen lag eine Ernsthaftigkeit. Er hatte eine Erhabenheit an sich. Sein Stand war anders; seine Brust war breiter und sein Bizeps dicker. Seine

Muskeln schienen hart und waren von der Kleidung abgeschnürt. Auf einmal wanderte sein Blick und traf ihren. In ihrem Bauch brachen sofort Schmetterlinge hervor. *Du meine Güte.*

„Kelsey."

Beim Klang ihres Namens löste Kelsey ihren Blick von dem des Mannes und sah Jessica auf sie zukommen.

„Ich freue mich so, dass du es geschafft hast." Jessica umarmte sie.

„Ich freue mich, hier zu sein", sagte sie und fühlte sich willkommen. „Sieht so aus als wäre die Party in vollem Gange. Es tut mir leid, dass ich spät dran bin. Ich hatte eine Reitgruppe, die länger gebraucht hat als erwartet."

„Kein Problem. Komm schon, lass uns zu den anderen hinübergehen."

Lana winkte ihr zu und bedeutete ihr, zu ihnen zu kommen. „Ich freue mich riesig, dass du gekommen bist. Cam meinte, er denke, du würdest kommen."

Sie erzählte ihr von der späten Reitstunde. „Es war trotzdem eine großartige Gruppe. Es war eine

Mischung aus Erwachsenen und Kindern und die Kids waren bezaubernd. Erinnerte mich an Kevin und Jessica."

Kevin war Jessicas kleiner Junge, ein Erstklässler, dem sie jetzt Reitunterricht gab. Kelsey machte es wirklich Spaß, den Kindern Reiten beizubringen und die Begeisterung in ihren kleinen Gesichtern zu sehen, wenn sie die Freuden des Reitens kennenlernten.

„Du machst das so toll mit ihnen", sagte Jessica.

„Ja, tust du und deswegen sind wir so glücklich, dich als Leitung des Gestüts zu haben. Das gibt Cam wirklich inneren Frieden, wenn er in Texas ist."

Niemand war glücklicher darüber, dass sie den Job hatte, als Kelsey. *Sie war so dankbar dafür… für Cam und Lana,* dachte Kelsey erneut. Sie wiederholte das Mantra mehrere Male pro Tag.

„Kevin spricht die ganze Zeit in den höchsten Tönen von dir. Du solltest hören, was er in der Schule erzählt. Ein paar der Eltern seiner Klassenkameraden werden wahrscheinlich wegen Reitstunden bei dir anrufen."

Kelsey kicherte. „Ich liebe es, in diesem Alter zu

unterrichten. Sie sind so drollig.“

„Sie sind schwierig.“ Jessica lachte. „Ich denke immer an Levis Mutter und Vater, die fünf Jungs großgezogen haben. Wie haben sie das überlebt?“

Lana zog eine Grimasse. „Glaub mir, das war wahrscheinlich nicht einfach. Ich habe selbst fünf Brüder und ich liebe sie, aber ach du lieber Himmel, Jungs sind aktiv.“

Die drei schauten automatisch zu den drei Männern, die sich unterhielten, hinüber.

Kelsey musste fragen: „Wer ist das, der dort mit Cam und Levi redet?“

„Oh, das wusstest du nicht? Das ist Max“, sagte Jessica.

„Er sieht so ernst aus… oder so.“ Ihr war es sofort peinlich, sie wissen zu lassen, dass sie sich Max so genau angesehen hatte.

Lana nickte. „Ja, er ist beim Sondereinsatzkommando einer sehr elitären und streng geheimen Abteilung der Marine. So ähnlich wie ein Navy SEAL. Sehr gefährlich. Und Cam meinte, er wäre wirklich ruhig, seitdem er zuhause war. Ich habe nicht viel Zeit mit ihm verbracht, aber ich habe dasselbe gedacht."

„Levi hat genau dasselbe gesagt", meinte Jessica. „Er ist ruhiger. Ich denke, er bleibt mehr für sich allein, selbst wenn er von seinen Einsätzen zuhause und nicht in der Basis ist. So wie Levi es sagt, kann er nicht einmal mit seiner Familie über die Einsätze reden. Das wäre hart, denke ich."

Kelsey nickte. Gedanken an ihren Dad schlugen auf sie ein. Er war beim Sondereinsatzkommando gewesen und die meisten ihrer Erinnerungen an ihn waren, dass er weg war und sie ihn vermisste. Sie schüttelte die Gedanken ab und ihr Blick blieb an Max Sinclair hängen. Sofort wanderte sein Blick zurück zu ihr, als würde er spüren, dass sie ihn ansah. Hitze stieg in ihrem Körper auf und sie hoffte, dass das gedimmte Licht ihr Erröten verbarg.

Die Sinclair Schwestern waren plötzlich da und begrüßten sie und sie war froh über die Ablenkung.

Cali, Shar, Olivia und Jillian Sinclair waren freundlich und einladend. Sie waren so nett wie sie hübsch waren und Kelsey versuchte angestrengt, sich daran zu erinnern, wer wer war. Die große Blonde war Cali, sie war die älteste und mit einem berühmten Künstler verheiratet. Die anderen drei waren Drillinge, auch wenn sie nicht gleich aussahen. Shar hatte dunkle Haare und die anderen beiden sahen fast identisch aus.

„Mädels, schaut – ich glaube, Max checkt Kelsey ab." Shar lächelte sie an. „Cool."

„Wirklich?" Jillian schnappte nach Luft und warf ihrem Bruder einen flüchtigen Blick zu.

Kelsey war peinlich berührt und sah sofort in seine Richtung, weil alle anderen das taten. Er schaute nicht zu ihr, sondern konzentrierte sich auf etwas, was Levi sagte. Mehr Jungs kamen zu der Gruppe.

„Er ist so still, seitdem er zurück ist", sagte Cali nachdenklich.

„Ich weiß. Es macht mich verrückt", sagte Shar. „Ich glaube, bei diesem Einsatz ist etwas Schlimmes passiert. Deswegen war er so lange weg."

„Das glaube ich auch", stimmte Olivia zu.

„Trent und Max sind unsere ruhigen Brüder und daran sind wir gewöhnt. Aber Max ist noch zurückgezogener, seitdem er zuhause ist", erklärte

Jillian.

„Er kann mit niemandem über seine Einsätze reden", sagte Shar. „Es ist einfach nicht normal. Du musst mit jemandem reden können. Ich weiß, dass er sein Team hat, aber dennoch ist es etwas anderes, Familie zu haben, mit der man über Dinge reden kann. Ich mache mir Sorgen um ihn."

Kelsey fühlte sich dabei unwohl, über Max zu reden. Und sie wusste allzu gut, worüber sie sprachen. Sie wollte ihnen nicht sagen, dass Max mit seinem Leben zufrieden war, wenn er ihrem Vater irgendwie ähnelte. Wahrscheinlich verbrachte er jeden Tag, den er zuhause war, in der Bereitschaft, zum nächsten Einsatz aufzubrechen.

So war ihr Dad ihr erschienen. Kelsey hatte dieses Leben einst gelebt und würde so ein Leben nie wieder führen. Sie hatte eine Regel: Ganz egal, wie verführerisch ein Mann war, wenn er irgendwie beim Militär war, würde sie das sofort von ihm abhalten.

Max Sinclair war keine Ausnahme. Ja, sie hatte eine Reaktion gespürt, als sich ihre Blicke getroffen hatten, aber das war egal. Es zählte nicht, ob seine

Schwestern der Meinung waren, er hätte Interesse an ihr gezeigt.

Kelsey verabredete sich nicht mit Männern aus dem Militär. Punkt.

Und diese Tatsache würde sich niemals ändern.

Stunden nach der Party saß Max im Dunkeln und starrte aufs Meer. Die hereinrollenden, weiß-bedeckten Wellen beruhigten die Unruhe nicht, die durch ihn hindurch rollte und wie Wellen heftig gegen sein taubes Herz schlugen.

Er war es gewöhnt, die Kontrolle über sich zu haben – über seine Emotionen, seine Reaktionen, seine Gedanken. Aber heute Abend hatte er das Gefühl, er hätte über nichts Kontrolle.

Er konnte den Verlust seiner Teammitglieder nicht ausblenden. Konnte sich nicht an jede seiner Bewegungen, die er bis zu dem Moment, als der Sprengstoff gezündet worden war, erinnern. *War es sein Fehler gewesen?*

Hatten zwei seiner Freunde ihr Leben verloren,

weil er die Zeichen falsch gedeutet hatte? Weil er einen Fehler begangen hatte?

Das glaubte er nicht wirklich, aber da war dieser sich andeutende Zweifel.

Er rieb sich sein Knie und spürte die Schwellung und den Schmerz, der ihn manchmal innerlich erschüttern konnte. Er kämpfte dagegen an, die Schmerzmittel, mit denen ihn die Ärzte aus dem Krankenhaus entlassen hatten, zu nehmen. Aber es hatte ein paar Male in der Woche gegeben, seitdem er zuhause angekommen war, in denen er welche hatte nehmen müssen. Heute könnte eine dieser Nächte werden. Bei der Verlobungsfeier seines Bruders hatte er die meiste Zeit stehen müssen – das war hart für sein Knie gewesen. Sein vorderes Kreuzband war gerissen und die Ärzte hatten gesagt, dass es gut wäre, der Schwellung etwas Zeit zu geben, um zurückzugehen, bevor man über eine Operation nachdenken konnte. In zwei Wochen hatte er einen Termin zur Nachkontrolle. Und auch einen für die Beurteilung seines Gehörs.

Seine Karriere war auf Messers Schneide und konnte in beide Richtungen fallen. Und er konnte nichts machen, außer zu warten.

Im Warten war er noch nie der Beste gewesen, bis er zu der Spezialeinheit gekommen war und Geduld hatte lernen müssen. Aber jetzt ging es nicht um einen Einsatz, sondern um ihn… darum, ob er jemals auf einen weiteren Einsatz würde gehen können. Er sollte es seiner Familie sagen. Sollte sie daran teilhaben lassen, was er durchmachte. Aber wenn irgendjemand aus seiner Familie erfuhr, dass er sich sein Knie bei dem Einsatz verletzt hatte – oder dass er beinahe hochgegangen wäre… das waren Sorgen und Ängste, die er ihnen nicht aufbürden wollte.

Deswegen hielt er es geheim. Bis er das Stehen nicht länger hatte ertragen können und früher gegangen war.

Jetzt schloss er seine Augen. Er lebte, um sein Land zu beschützen. Er war gewillt gewesen, zu sterben, um sein Land zu beschützen, aber er war es nicht gewesen, der gestorben war; es waren seine Teamkameraden gewesen, die den höchsten Preis gezahlt hatten. Er hatte beinahe ihre Beerdigungen verpasst und hätte es auch, wenn ihre Leichen früher zurückgebracht worden wären. Er war im Krankenhaus gewesen und erst am Tag vor den geplanten Beerdigungen entlassen worden.

Er wusste, dass sich seine Brüder – seine ganze Familie – fragten, warum sein Einsatz länger gedauert hatte als üblich, aber sie wussten nicht, dass er eine Woche im Krankenhaus verbracht hatte. Die Explosion, die seine zwei Freunde getötet hatte, hatte sein Gehör auf der rechten Seite beschädigt und das Innere seines Knies auf derselben Seite zerfetzt. Als dieser Sprengsatz so nahe bei ihm explodiert war, hatte es geklungen als wäre sein Kopf im Inneren einer Stahltrommel gewesen. Es war so laut gewesen, dass es ein schieres Wunder war, dass er es überlebt hatte – und mit kaum einem sichtbaren Schaden.

Wie würde er von hier aus weitermachen?

Als könnte sie seine Gedanken hören, drehte Charlotte ihren Kopf und schaute ihn an. Das Schwein war, seitdem er zuhause angekommen war, beständig an seiner Seite gewesen. Es war fast, als könne sie spüren, dass etwas nicht stimmte. Max Kiefer spannte sich bei dem Gedanken an. *Nein, etwas stimmte nicht.*

Er hatte sich zuvor noch nie so freudlos gefühlt. Hatte nie diese Vorahnung eines drohenden, schlimmen Endes empfunden…

Er kraulte Charlottes Kopf und das Schwein stupste seine Hand an, als er aufhörte. Ein wenig seiner Anspannung löste sich. „Ja, Charlotte, ich werde mich am Riemen reißen müssen."

Was würde er tun, wenn er die Meldung erhielt, dass es vorbei war?

Er hatte vor, auf dem Hügel ein Haus zu bauen. Und er hatte im Ernst über eine eigene Familie nachgedacht. Warum sonst hatte er zugestimmt, bei dieser Junggesellenauktion am Valentinstag, die seine Schwestern letzten Monat veranstaltet haben, mitzumachen? Er war zum Einsatz gerufen worden, bevor die tatsächliche Auktion begonnen hatte, aber dennoch hatte er sich von ihnen überreden lassen.

Jemand, der hübscher war als Charlotte, wäre super. Er war sich nicht sicher, ob er wirklich bereit war, darüber nachzudenken, sich zu binden, oder ob es ihn einfach dazu brachte, mehr über seine Zukunft nachzudenken, wenn er seine Schwestern so glücklich sah.

Er war sich sicher, dass er noch nicht bereit war, sich aus dem Dienst zurückzuziehen. Dieses magenverdrehende Gefühl, das er gerade hatte, sagte ihm, dass er nicht bereit war, wegzurennen. Und er war ganz sicher nicht bereit, es sich so wegreißen zu lassen.

Er wollte keinen Arzt, der ihm die Kündigungspapiere aushändigte.

Du bist noch immer am Leben.

Er schüttelte sich. Der Gedanke schlug auf ihn ein und unterbrach sein Selbstmitleid.

Er würde nehmen, was auch immer der morgige Tag ihm entgegenbrachte. Er war bei dieser Explosion nicht mit seinen Kameraden gestorben.

Die Gedanken an die große Pferdetrainerin bewiesen deutlich, dass er nicht gestorben war. Beinahe vom Moment an, in dem sie heute Abend auf die Terrasse getreten war, hatte er gewusst, dass sie da war. Er hatte sich umgedreht und gesehen, wie sie ihn musterte und er hatte seinen Blick kaum von ihr lassen können.

Cam und Levi war das auch aufgefallen, auch

wenn sie nichts gesagt hatten. Er hatte beide erwischt, wie sie ihn beobachteten, wann immer er seinen Blick von Kelsey Malone abwandte. Vielleicht würde er sie morgen treffen. Mehr über die schöne Pferdetrainerin herauszufinden, war vielleicht genau die Ablenkung, die er gerade brauchte.

KAPITEL ZWEI

Kelsey hatte gerade einen Kindersattel in den Sattelraum gebracht und ihn auf das Sattelregal gehangen, als sie das Knirschen von Stiefeln auf Schotter hörte. Sie lehnte sich um die Ecke, wobei sie erwartete, einen der Studenten, der für sie arbeitete, zu sehen, wie er zur Arbeit erschien. Heute Morgen war Clay dran, doch anstelle von ihm sah sie Max Sinclair im Eingang der Ställe stehen. Ihn dort zu sehen, war so unerwartet wie es nur sein konnte.

Ihr Puls beschleunigte sich sofort. Der Mann war ihr seit der Party durch den Kopf gegangen.

Er stand mit seinen Händen auf seinen schmalen Hüften liegend im Sonnenlicht und sein schwarzes T-Shirt war eng über seine muskulöse Brust gespannt. Sie versuchte, die Anziehung, die zwischen ihnen vibrierte, zu ignorieren, aber es war nichts, was sie ohne Anstrengung ignorieren konnte. Sie zwang sich dazu, sich anzustrengen.

Ihr Dad war bei der Marine gewesen. Und sie hatte ihn bei einem Geheimeinsatz verloren. Sie hasste Geheimeinsätze. Auch wenn das Land sie brauchte und Kelsey das Militär dafür, was es tat und für unsere Freiheit opferte, respektierte, hasste sie es dennoch.

Sie hatten ihr den Vater genommen, den sie geliebt hatte.

Das war nichts, was sie wiederholen würde. Nichts, was ihre Kinder jemals erleben würden.

„Hi", brachte sie hervor und versuchte ernsthaft, die verbitterten Gedanken über ihre Vergangenheit wieder in die dunklen Ecken ihres Herzens zu bekommen, wo sie sie zu unterdrücken versuchte. „Suchst du nach Cam?"

„Ja." Er ging mit einem unmerklichen Hinken

seines rechten Beines auf sie zu.

„Hier ist er nicht."

„Das ist okay." Er streckte seine Hand aus. „Ich bin Max Sinclair. Wir wurden uns gestern Abend nicht offiziell vorgestellt."

„Kelsey Malone. Schön, dich kennenzulernen." Sie nahm seine Hand und schluckte schwer, als die raue Oberfläche seiner schwieligen Hand sich fest um ihre legte. Ihr Magen zog sich zusammen und sie fühlte sich außer Atem.

Ich werde mich nicht beeinflussen lassen. Ich werde mich nicht beeinflussen lassen.

Sie zog ihre Hand in dem Moment, in dem er sie losließ, zurück.

„Ich bin gekommen, um mir den Ort hier anzusehen." Er schaute sich um und lächelte ein paar Pferde, die in den Ställen anstatt draußen auf dem Turnierplatz waren, an. „Alles sieht großartig aus."

Sein Blick traf ihren und sie hatte beinahe das Gefühl, er würde sie in dieser Beobachtung einschließen. *War er hierhergekommen, um sich sie anzusehen?*

„Danke." Sie lächelte. „Willst du dich umsehen?" In Anbetracht der Tatsache, dass Cam nicht hier war, um das zu tun, fühlte sie sich verpflichtet, ihn herumzuführen.

„Klar."

Oh Mist. Sie hatte sich verpflichtet gefühlt, aber gehofft, dass er nein sagen und gehen würde. „Nun, hier halten wir die Pferde. Die meisten hast du wahrscheinlich draußen auf dem Turnierplatz gesehen."

„Ja, hab ich. Bess hat den Ort in Schuss gehalten. Lässt sich nicht sagen, was für zukünftige Verbesserungen Cam umsetzen wird. Aber es ist schön. Gibst du Reitstunden?"

„Tue ich." Sie hoffte, dass er nicht nach einer fragen würde. Dennoch war die Vorstellung verlockend. Das war für sie überraschend und besorgniserregend. „Reitest du?"

„Etwas, auch wenn mir die Liebe, die mein Bruder dafür hat, fehlt."

Sie lächelte. „Du wirst keine Ranch in Texas kaufen?"

„Das wäre eine Zustimmung."

„Wir machen besser mit dem Rundgang weiter, ich habe in ein paar Minuten eine Klasse."

„Klar", sagte er. „Ich war tatsächlich erst ein paar Mal hier draußen. Ich habe mich nie wirklich für Pferde interessiert. Aber ich ändere meine Meinung." Er lächelte und ihr Herz raste.

„Oh", sagte sie und war überrascht über das Grübchen beim Lachen, das auf einer seiner Wangen auftauchte. Es war umwerfend. „Na ja, vielleicht kriegen wir dich auf ein Pferd."

Er zuckte mit den Schultern. „Vielleicht. Aber nicht jetzt."

„Oh nein, nicht jetzt. Mir ist aufgefallen, dass du leicht humpelst."

„Ja, mein Knie ist zurzeit etwas steif."

„Das lässt sich umgehen, wenn du wirklich reiten willst. Lass es mich einfach wissen."

„Das werde ich sicherlich. Also, wer ist das?" Er ging auf eine Box zu. Das Pferd schaute ihn an und er streichelte seinen Hals.

Sie überwand mit großen Schritten den Abstand

zwischen ihnen und lächelte, während sie ihn mit der Stute beobachtete. Das arme Pferd schaute ein wenig treu-doof.

„Nun, das hier sind die Pferde. Diese hübsche Lady ist Sugar Cookie."

„Süß", sagte er zu dem Pferd.

Ihr Herz schmolz, während sie ihn beobachtete. *Nicht gut. Überhaupt nicht gut.*

„Wir haben insgesamt zwölf Pferde. Sie mag dich wirklich." Kelsey lachte leise, während Sugar Cookie Max grob am Arm stupste, als er aufhörte, sie zu streicheln.

„Ich mag sie auch", sie kraulte die andere Seite des Halses, „aber sieht so aus, als hätte sie nur Augen für dich." Ihre Worte waren draußen, bevor sie realisierte, was sie gesagt hatte.

Seine Lippen bogen sich nach oben. „Schön, dass sich jemand freut, mich zu sehen."

Sie hatte keine Idee, wie sie die Kurve bekommen könnte. „Na ja, ähm, ich bin mir sicher, du hast mehr Verehrerinnen als nur Sugar Cookie", sagte sie schnell und bemerkte, dass sie nahe beieinander standen.

„Komm, hier entlang. Ich zeige dir, wo wir den Bau einer Trainingsanlage planen." Sie ging in Richtung des Stalleingangs. „Wo wir sie tatsächlich zähmen und trainieren." Sie bemühte sich, sich zu konzentrieren, während sie sich mit großen Schritten von Max entfernte.

Sie hatte noch nie eine so unvermittelte und überwältigende Anziehung zu jemandem empfunden und es war irritierend. Sie musste das in den Griff bekommen, denn auf gar keinen Fall würde es zwischen ihnen jemals auf irgendetwas hinauslaufen.

Auf gar keinen Fall würde sie zulassen, dass es sich zu irgendetwas entwickelte.

Max folgte Kelsey den Gang des Stalls in Richtung Eingang entlang. Das Gebäude roch nach Pferden, Leder und frischem Heu. Offensichtlich mistete jemand regelmäßig den Stall aus. *War es Kelsey, die all das Ausmisten machte? Von der Größe des Stalls ausgehend sah das nach jeder Menge Arbeit aus. Oder übernahm das das Team, von dem sie sprach?*

Sein Knie brachte ihn um, daher konzentrierte er sich auf Kelsey und ignorierte den Schmerz, der von seinem Knie ausstrahlte. Groß und schlank ging sie mit einem energetischen Federn in ihren Schritten, das ihre Hüften ins Schwingen brachte, wobei ihr Haar im Rhythmus mitschwang. Er genoss es, ihr zu folgen.

Allein ihr lächelndes Gesicht zu sehen, als er angekommen war, hatte seine Stimmung aufgehellt. Er war zu niedergeschlagen gewesen – wirklich, er war depressiv gewesen. Es war schwer, zuzugeben, aber nach dem Verlust seiner beiden Kameraden und seinen Verletzungen und dann dem ungewissen Ausgang, wie es bei ihm weiterging, war es schlimm gewesen.

Letzte Nacht nach der Verlobungsfeier hatte er gewusst, dass er versuchen musste, aus dem Loch, in dem er steckte, herauszukommen. Und er hatte beschlossen, hierher zu kommen, um Kelsey kennenzulernen. Sie hatte seine Gedanken dominiert und jetzt verstand er warum. Sie hatte eine Energie, nach der er sich momentan sehnte. Die er brauchte.

Außerdem war sie umwerfend.

Er schüttelte sich. Santos und Ledger hatten, wie

er, die Risiken gekannt. Ihre Familien hatten das Risiko gekannt und dennoch hatten sie den Job angenommen. Das verdrängte nicht die Gefühle, die jetzt gerade durch ihn hindurchrannen. Er hatte schon zuvor Männer verloren, aber irgendwie hatte es ihn dieses Mal zu nahe getroffen. Dieses Mal war er verletzt worden; noch immer durchlebte er den Moment erneut und versuchte, herauszufinden, ob er irgendetwas falsch gemacht hatte. *Hatte er sie um ihr Leben und sich um seine Karriere gebracht?*

Alles deutete darauf hin, dass es nicht sein Fehler gewesen war und das wusste er, aber das setzte dem Schuldgefühl oder den nagenden Sorgen, dass ihm irgendetwas entgangen war, kein Ende.

Kelsey blieb plötzlich stehen und er traf sie unvorbereitet, als sie sich herumdrehte. Er hielt inne und verlagerte sein gesamtes Gewicht auf sein schlechtes Knie; er kippte zur Seite, während sie gleichzeitig vermeiden wollte, mit ihm zusammenzustoßen. Sie stürzten schließlich ineinander. Er ergriff sie und kämpfte auf seinem guten Knie um sein Gleichgewicht. Er wollte ihr nicht wehtun.

Sie lachte. „Sorry." Sie versuchte, sich von ihm wegzudrücken, aber er hielt sich noch an ihr fest, um seine Balance wiederzugewinnen – besser als vor ihr auf die Nase zu fallen.

Schließlich stand er sicher und ließ sie los. „Mein Fehler. Ich habe nicht aufgepasst", murmelte er, wobei er sich ganz ungeschickt und außerhalb seiner Komfortzone fühlte. Er war agil, schnell und so wenig von tollpatschig wie man nur sein konnte. Oder zumindest war er es bisher gewesen. „Ich wollte dich nicht umrennen. Geht es dir gut?"

„Alles okay." Sie trat zurück.

Er war erleichtert, dass sie nicht Reißaus nahm. „Ich muss zugeben, mir hat es gefallen, dich aufzufangen." Er lächelte und versuchte, Leichtigkeit in den Moment zu bringen.

Ihr Lächeln stockte und ihr Blick schien sich zu verfinstern. „Na zumindest bist du ehrlich."

„Ja, das bin ich. Darauf kannst du dich verlassen. Würdest du gern mit mir ausgehen? Du weißt schon, auf ein Date, schauen, was daraus wird." *Wirklich elegant, Sinclair.* Das hatte er vermasselt, alles klar.

Sie atmete tief ein und rollte auf die Fersen ihrer Stiefel. In ihren hübschen Augen konnte er die Gedanken herumwirbeln sehen. Sie musste wahrscheinlich so eindringlich darüber nachdenken, weil er auf eine so unbeholfene Art und Weise gefragt hatte. *Oder hatte sie einen Freund?*

„Ich verabrede mich nicht mit Soldaten", sagte sie schließlich. „Ich werde ehrlich sein und sagen, dass ich versucht bin. Aber es geht nicht. Tut mir leid. Ich respektiere dich dafür, was du tust. Und ich bin sehr dankbar und weiß zu schätzen, dass du für unsere Freiheit kämpfst. Aber ich habe mir etwas geschworen."

Ihre Worte schlugen auf ihn ein. Sowohl eine Herausforderung als auch ein Schlag ins Gesicht. Natürlich sollte er den Schlag wie ein Mann nehmen und es verstehen. Und er verstand es. Das war ihre Entscheidung und er sollte sie respektieren. Sollte es sein lassen. Aber er tat es nicht. „Macht es dir etwas aus, das zu erklären? Ich richte mich gern nach dir, aber ich bin neugierig, warum du diesen Schwur hast."

Bei jeder anderen Gelegenheit, bei der eine Frau ihn so zurückgewiesen hätte, hätte er das an sich abprallen lassen und hätte weitergemacht. Aber Kelseys Zurückweisung traf ihn härter. Es war anders für ihn.

Sie legte ihre Hand auf eine Zaunsprosse des Turnierplatzes. Eines der Pferde kam herbei und legte seinen Kopf über das Tor. Sie hob automatisch ihre Hand und rieb den weißen Fleck zwischen seinen Augen. Max folgte der Bewegung ihrer Hand auf dem Pferd. Umso mehr Grund, mehr über ihren „Schwur" zu erfahren.

„Ich habe meine Gründe. Ich bin... selbst Kind aus einer Soldatenfamilie. Und ich habe nicht vor, meine Kinder so großzuziehen."

„Ich verstehe. Entscheidungen. Das verstehe ich. Heißt nicht, dass es mir gefällt." Sie starrten einander an. Er beobachtete, wie sie schwer schluckte und ihre ausdrucksstarken Augen schienen voller Gedanken zu sein.

Und dann biss sie sich auf ihre Lippe... und alles,

woran er denken konnte, war, diese Lippen zu küssen und ihre Meinung zu ihrem Schwur zu ändern.

In Kelsey wütete ein Kampf der Emotionen, während sie Max Sinclair ansah. *Das war lächerlich. Reiß dich zusammen, Cowgirl.*

So wie er sie ansah, musste sie sich das den ganzen Tag lang sagen. Und so, wie er ihr in die Augen sah – diese Entscheidung lag bei ihr. Es war nicht so, als hätte sie nicht zuvor schon gutaussehende Männer gesehen. Bis jetzt war sie relativ immun gegenüber diesem speziellen Charme gewesen, den attraktive Cowboys in ihrem beruflichen Leben und Soldaten, die sie während ihrer Jugend gesehen hatte, zu haben schienen. Aber etwas an Max warf alles über den Haufen.

Ihr Widerwille gegenüber dem, was ihr mit dem Verlust ihres Vaters in ihrer Jugend geschehen war, hatte ihre Grundsätze dahingehend verändert, dass sie sich nicht mit Soldaten verabredete. Der Drang, ihren

Ruf in einer von Männern dominierten Berufswelt zu bewahren und die Art, wie Cowboys miteinander umgingen, hatten ihr geholfen, ihre Begegnungen mit Cowboys aufs rein Professionelle zu beschränken. Aber etwas – etwas mehr als sie zuvor erlebt hatte – kam ins Spiel, wenn es um Max ging. Seine Augen waren tödliche Waffen. Sie hatte das Gefühl, dass der einzige Weg aus dieser Situation herauszukommen, war, die Leinen zu kappen und zwar schnell zu kappen.

„Ich habe meine Gründe und sie werden sich nicht ändern. Ich bin geschmeichelt, wirklich, aber ich weiß auch, dass du keine Probleme haben wirst, ein Date zu finden. Überhaupt nicht."

Sie dachte nicht, dass es ihrer Karriere schaden würde, den Bruder ihres Chefs abzuweisen; Cam Sinclair war nicht so. Aber dennoch hatte sie bei ihrem letzten Job gelernt, dass es die beste Wahl gewesen wäre, die sie hätte treffen können, direkt zu sein und die Leinen zu kappen, wenn sie merkte, dass sich Probleme entwickelten. Wenn es also ein Problem werden würde, Verabredungen mit all seinen Brüdern abzulehnen – falls sie von anderen gefragt werden würde – dann war es jetzt an der Zeit, es herauszufinden. Auch wenn seine anderen Brüder, Jake und Trent, definitiv auch sehr gutaussehende Männer waren, hatte es nicht so einen Effekt auf sie gehabt, in ihrer Nähe zu sein, wie bei Max. Etwas war an Max anders. Bei ihm war es schwieriger, ihn abzuweisen und die Verabredung nicht anzunehmen.

Er musterte sie mit einem kleinen Zucken seiner Lippen auf der rechten Seite. *War das Bedauern, was sie in seinen Augen sah?*

„Ich schätze, das sagt alles", sagte er.

Ihre Brust verengte sich wegen ihres eigenen Bedauerns.

Er schaute sich auf dem Gelände um und dann zurück zu ihr. „Ich schätze, dann fahr ich mal los und lass dich wieder an die Arbeit. Ich werde nicht lügen. Für mich macht es keinen Sinn, hier zu bleiben, wenn du so empfindest."

Sie schluckte schwer und bekämpfte das Verlangen, ihre Worte zurückzunehmen. Aber sie tat es nicht. *Nein, das würde sie nicht tun.* Stattdessen hob sie ihr Kinn und neigte ihren Kopf zur Seite. „Es tut mir leid. Und ich fühle mich geschmeichelt. Aber ich kann nicht anders. Ich sage Cam, dass du da warst."

Er trat einen Schritt zurück, aber hielt ihren Blick, wobei sich in ihr alles auf den Kopf stellte.

„Pass du auf dich auf, Kelsey Malone. Ich wünsche dir Glück mit diesem… Schwur. Auch wenn ich dir sagen muss, dass ich noch immer neugierig bin, warum er eine solche Gültigkeit hat. Aber das geht mich nichts an. Bis später."

Und dann ging er weg.

Und oh, was für ein Gang das war. Groß und gerade. Energisch, auch wenn ihr auffiel, dass er sein linkes Knie bevorzugt zu benutzen schien. Doch er schien entschlossen, seine Schritte davon nicht verlangsamen zu lassen. Er war ein Soldat – nein, er war ein Marinesoldat. Er war eine Kampfmaschine, das waren sie alle. *Semper Fi…* Ehre, Tapferkeit und Hingabe – sie kannte ihr Motto gut. Das hatte auch ihr Vater getan.

Egal, was sie empfand, egal, welches Bedauern sie durchfuhr, während sie ihn im Sonnenlicht verschwinden sah, Max Sinclair war dennoch tabu.

Max stieg in seinen Truck und zwang sich, nicht zurück zu den Ställen zu blicken. Es war vorbei, er würde ihre Entscheidung akzeptieren. Jeder hatte Anspruch auf seine Meinung. Er kannte ihre Gründe nicht, aber es war nicht seine Sache, sie zu ändern. Auch wenn es ihm nicht gefiel. Er fühlte sich regelrecht beleidigt. Und das war falsch; wie gesagt, er kannte er ihre Gründe nicht. Aber während er zurück nach Windswept Bay fuhr und das schöne Wasser vor seinem Fenster glitzerte, verirrten sich seine Gedanken und er konnte nicht von ihr ablassen.

Er fuhr hoch zu dem Strandbungalow, in dem sich der Tauchshop seines Bruders Jake befand. Draußen vor dem flachen Gebäude befand sich jede Menge Strandzubehör, was zeigte, was im Inneren zu erwarten war. Surfbretter, Sauerstoffflaschen, Netze und Neoprenanzüge hingen in den Regalen. Es war ein bescheidener Ort, der wirklich immer gut besucht war.

Jake liebte das Tauchen. Liebte es, vor der Küste manchmal nach Kostbarkeiten zu schauen, wenn ihn etwas interessierte. Sein Bruder schien sich um nichts in der Welt Gedanken zu machen, außer, sein Leben in vollen Zügen zu genießen. Max könnte in der Hinsicht ein paar Hinweise gebrauchen, falls er am Ende aus dem Dienst entlassen würde.

Er und Jake hatten zusammen viel durchgemacht. Sie hatten ihre beiden Eltern verloren, als sie jung waren und hatten nicht nur getrauert, sondern auch Gott für die Freundschaft ihrer Eltern mit Sam und Violet Sinclair gedankt und sie Gotteltern genannt. Das hatte ihn und Jake zumindest vor dem bewahrt, was auf sie zugekommen wäre. Aber Violet und Sam hatten es einen Schritt weitergetrieben und sie später adoptiert, um sie vollends in die Familie zu integrieren und ihnen vor dem Gesetz vollen Schutz bieten zu können. Doch trotz dessen, dass Jake sein leiblicher Bruder war, hatte Max mit ihm nicht über seinen strenggeheimen Einsatz reden können. Und das machte es für sie manchmal schwierig.

All seine Brüder wussten über seinen Job Bescheid, aber dennoch schlug es eine Kluft zwischen sie und ihn und jetzt gerade fühlte sich Max allein.

Er ging in den Laden. Mehrere Leute liefen herum und schauten sich verschiedene Bereiche in dem Shop an. Im Verkaufsbereich schauten sich eine Frau und ihr Sohn die T-Shirts an. Zwei Taucher gaben ihre Tauchausrüstung zurück. Er ging weiter durch den Laden und ging durch den Köderbereich, wo Jake an all die Angler alle möglichen Sorten von Fischködern verkaufte. Er ging weiter in die Werkstatt am Ende und dann auf die hintere Terrasse, wo all die Boote angedockt waren. Der Himmel war klar und das Wasser ruhig. Er entdeckte Jake auf dem Deck des Tauchbootes, wo er es für die nächste Tauchfahrt vorbereitete. Max trat auf den Anleger.

Jake erkannte ihn und hob seine Hand. „Hey Bro, willst du was von mir? Bist du zum Tauchen gekommen?"

Max blieb bei dem Boot stehen und blinzelte trotz seiner Sonnenbrille in das Licht. „Heute nicht. Aber sieht so aus, als würdest du dich startklar machen."

„Ja, ich hab eine Gruppe mit ordentlicher Größe in etwa dreißig Minuten. Wir fahren raus zum Riff. Bist du dir sicher, dass du nicht mitkommen willst? Einen zusätzlichen Tauchlehrer kann ich immer gebrauchen. Du weißt, dass das eine immer offenstehende Einladung ist. Wann immer du dich entschließt, Zivilist zu werden, habe ich ein Jobangebot für dich."

Max grinste nicht einmal. Er nahm Jakes Worte einfach zur Kenntnis. Diese Diskussion führten sie oft.

„Willst du vielleicht ausgehen, wenn du heute Abend zurückkommst? Ich bin unruhig. Ich glaube nicht, dass ich einen weiteren Abend mit Charlotte verbringen kann. Wir langweilen uns irgendwie gegenseitig, seitdem ich zurück bin."

Jake lachte. „Das verstehe ich. Das ist vielleicht ein Schweinchen, das du da hast, aber ich kann verstehen, dass sie womöglich nicht die beste Gesellschaft ist. Du kennst mich – ich bin immer bereit."

„Du kennst den Ort." Er rief laut den Namen des örtlichen Billardsalons. „Ich kann dich abholen oder wir treffen uns dort."

Jake grinste. „Wir sehen uns dort."

„Gut. Ich bin darauf aus, eine Wette zu gewinnen." Er hob eine Augenbraue.

Jake johlte. „In meiner Erinnerung bin ich das letzte Mal, als wir Pool gespielt haben, mit einer Tasche voller Vierteldollarstücke rausgegangen."

Sie spielten nur um Vierteldollarstücke. Aber sie nahmen es ernst und hatten den ganzen Abend gespielt. „Nur weil du ein schlechter Verlierer warst und nicht aufgehört hattest, ehe du vorne lagst. Heute Abend legen wir ein Geldlimit und ein Zeitlimit fest. Genau um Mitternacht – jedes Spiel, das wir dann gerade haben, ist vorbei. Punkt."

„Wie immer du willst, kleiner Bruder. Ich brauch sowieso etwas Wechselgeld. Du bist jetzt seit einer Woche zuhause. Erwartest du, bald wieder in einen Einsatz zu gehen?"

Max zuckte mit den Schultern. „Du weißt, wie es läuft – man weiß es nicht. Sie rufen an, ich mach los." Es war unnötig, zu sagen, dass er nicht gehen würde, ehe er wusste, wie es mit seinem Knie ausginge… und mit seinem Gehör.

Er versteckte sein Hinken ziemlich gut, dachte er, doch nach Ansicht der Ärzte musste er vor der OP mehrere Monate warten, um sein Knie besser werden zu lassen. Bis dahin musste er vorsichtig sein, um es nicht noch mehr zu beschädigen. Krücken wären gut, aber nicht notwendig, wenn er vorsichtig war. Die Schwellung der eigentlichen Verletzung musste zurückgehen und er machte zuhause ein wenig Reha, um die Muskeln zu stärken.

Wann konnte er in einen weiteren Einsatz gehen… das hing gerade in der Luft. Doch die Realität war, dass er aus dem Dienst ausschied, wenn die Ergebnisse des Hörtests zurückkamen und er den Standard nicht erfüllte. Es wäre egal, ob sein Knie sich vollständig erholte oder nicht.

Falls irgendjemandem sein Humpeln auffiel, würden sie nicht wissen, wie ernst seine Probleme waren. Aber Max wusste es. Er dachte ständig daran. Er schob die Gedanken beiseite und beendete seinen Satz. „Und falls sie nicht anrufen, bleibe ich, bis sie es tun."

„Ja – kapiert."

„Du verabredest dich mit niemandem?", fragte er Jake und versuchte, das Thema zu wechseln.

Jake wickelte Seile auf. Er lachte und schielte zu Max. „Ich habe Verabredungen. Ich halte mich nur nie lange, du weißt schon, damit auf. Das liegt mir nicht. Nicht jetzt."

Das war Jake. Jake blieb nie irgendwo. Er spielte auf dem Feld, als würde er schnelle Bälle werfen.

„Alles klar, ich war nur neugierig. Du denkst nicht an deine Zukunft – Haus, Kamin und Familie?"

Jake hielt inne. „Hey, wirst du hier etwa sentimental? Ich weiß, dass unsere Schwestern alle ihr eheliches Glück und all das gefunden haben. Sieht so aus, Levi und Cam auch, aber ich bin nicht bereit dafür. Ich bin nicht gerade das, was man ehetauglich nennen würde." Er zuckte mit den Schultern. „Ich bin einfach nicht bereit."

Max hatte nie wirklich gedrängt, vor allem, weil er selbst auch nicht bereit war. Aber wenn er Jake jetzt ansah, war dort ein Strahlen in seinen Augen, dass

Max zuvor nie aufgefallen war. Vielleicht war es, weil er es nie hatte sehen wollen.

Vielleicht kämpften er und Jake beide gegen die Gezeiten… zerrissen zwischen dem, was sie zum jetzigen Zeitpunkt vom Leben wollten. Oder vielleicht ging es nur Max so.

KAPITEL DREI

Am nächsten Tag beendete Kelsey gerade den nachmittäglichen Reitunterricht. Sie war den ganzen Tag über beschäftigt gewesen. Jede Menge Leute waren zum Reiten gekommen und beim Unterricht in ihrer Nachmittagsgruppe hatte sie jetzt drei. Kevin, der kleine Junge von Jessica, der Frau von Max Sinclairs Bruder Levi, war das süßeste Ding. Er war in die Schule gegangen und hatte vor seiner Klasse verkündet, dass er Reitunterricht nahm. Zwei seiner Klassenkameraden hatten angerufen und sich zum Unterricht angemeldet. Daher war es jetzt nicht mehr nur Kevin am Nachmittag, sondern auch seine zwei Freunde Alan und Ben. Sie behielten während des Unterrichts ihr Lachen und sie hatte immensen Spaß.

Ihre Eltern hatten gefragt, ob sie noch mehr in die Gruppe aufnehmen könnte und sie hatte ihnen gesagt, vielleicht ein paar. Aber sie wollte nicht, dass die Klasse zu groß wurde. Es wäre ein wenig als würde sie Flöhe hüten, wenn sie zu viele in diesem Alter gleichzeitig auf die Pferde ließ. Sie würde die Gruppe klein halten.

Hank, einer der Jungs, die für sie arbeiteten, säuberte die Ställe, sodass sie ins Haus gehen konnte, wo sie langsam begann, sich einzuleben. Cam hatte ihr das Haus zum Wohnen überlassen, während sie das Gestüt leitete. Er würde im Resort übernachten oder bei seinen Eltern, wenn er zu Besuch hier war, bis er sich überlegt hatte, welche Veränderungen er auf dem Anwesen vornehmen wollte. Er und Lana, seine Verlobte, hatten davon gesprochen, auf dem Grundstück ein Haus mit Blick über das Meer zu bauen. Vorerst war sie daher sehr dankbar, dass sie das Haus hatte und dass sie sich hier sicher und wohl fühlte. Das war bei ihrem anderen Job nie der Fall gewesen.

Bei ihrem vorherigen Job hatte sie auf dem Anwesen gewohnt und am Ende war es ein Desaster gewesen, vor allem als klar geworden war, dass es sich als ziemlich schwieriges Unterfangen herausstellte, ihren Chef vom Überschreiten gewisser Grenzen abzuhalten. Es hatte sich herausgestellt, dass es ebenfalls ein ziemlich schwieriges Unterfangen war, die Gerüchte aufzuhalten… *unwahre* Gerüchte… als sie aufgekommen waren. Daher hatte sie die Situation wirklich überdenken müssen, als Cam ihr gesagt hatte, dass sie in dem Haus leben könnte. Er kannte ein paar der Probleme, die sie in ihrem letzten Job gehabt hatte. Wenn man in der Pferdeindustrie arbeitete, war es schwierig, die Gerüchte nicht gehört zu haben. Er hatte sie dennoch eingestellt und damit gerechnet, dass sie mit dem Vorschlag womöglich Schwierigkeiten haben könnte. Er hatte sehr deutlich gemacht, dass es ihre Entscheidung war, aber dass sie von ihm nichts zu befürchten hatte. Dafür war sie dankbar gewesen.

Max war ihr, seitdem er gestern hier gewesen war,

nicht aus dem Kopf gegangen. Der attraktive Marinesoldat würde nicht weggehen. Egal wie oft sie ihn aus ihren Gedanken schob, war er hartnäckig gewesen und immer wieder aufgetaucht. *Es war lächerlich und es würde nur Schwierigkeiten machen,* sagte sie zu sich selbst, während sie sich eine Tasse Tee eingoss. Sie nahm sie mit hinaus auf die hintere Veranda. Hier zu sitzen gab ihr ein wenig Privatsphäre von dem Trainingsplatz und den Ställen an der Vorderseite des Hauses. Von hier aus hatte sie zudem auch einen kleinen Ausblick auf den Ozean. Sie genoss es, hier abends zu sitzen und still die Bücher und Zahlen zu lesen und ihren Papierkram zu erledigen. Sie hatte das und ihr Leben hier am Meer schnell angefangen, zu lieben.

Heute schrieb sie eine Einkaufsliste, doch ihre Gedanken wanderten weiterhin zu Max, anstatt zu den benötigten Sachen, an die sie versuchte zu denken und sie aufzuschreiben.

Sie verdrängte Max aus ihrem Kopf, wobei sie sich sagte, dass sie mit dem Feuer spielte… und einem ungewollten dazu. Aber vielleicht schadete es nicht, zumindest an den Kerl zu denken. Sie war am Ende doch Single, ungebunden und verfügbar. Aber sie war es nicht.

Nicht für einen Mann vom Militär. *Vor allem keinen in Spezialeinheiten.*

Salat. Sie brauchte Salat, Tomaten, Ranch-Dressing – sie liebte Ranch-Dressing. Sie liebte es zu allem: Möhren, Hähnchenstreifen, Pommes Frites… *Mochte Max Sinclair auch Ranch-Dressing?*

Hör auf, an diesen Mann zu denken!

Es spielte keine Rolle, ob er es mochte oder nicht; der Mann war tabu.

Sie runzelte die Stirn und warf ihren Stift auf den Tisch. Sie schaute zum Meer, während so viele Gedanken an die Zeit, nachdem sie erfahren hatte, dass ihr Dad im Einsatz getötet worden war, in ihr hochkamen.

Es war nicht Max' Fehler, dass sie nicht vergessen konnte, was sie für ihr Land geopfert hatte. Aber das war egal. Sie drehte sich um und ging nach drinnen. Es war Zeit, in die Stadt zu fahren und ihre Einkäufe zu erledigen. Es war Zeit, aufzuhören, an Max zu denken.

Seitdem sie in die Stadt gekommen war, hatte sie all ihre Mahlzeiten allein gegessen, außer an dem Abend, an dem sie zu der Verlobungsfeier gegangen war. Vielleicht war es an der Zeit, sich darüber Gedanken zu machen, mehr auszugehen. Aber jetzt gerade ging sie aus dem Haus, um zum Supermarkt zu fahren.

Max fuhr quer durch die Stadt, um heute Abend erneut gegen Jake Pool zu spielen. Sie hatten am Abend zuvor gespielt und so viel Spaß gehabt, dass sie beschlossen hatten, heute Abend nochmal zu spielen. Aus dem Haus zu kommen, hatte geholfen und es würde ihm einmal mehr helfen, dass sich seine Gedanken nicht in das hübsche Mädel, das Pferde auf dem Gestüt seines Bruders trainierte, hineinsteigerten. *Kelsey Malone war tabu. Punkt.*

Das sagte er zu sich selbst, als er auf den Parkplatz fuhr und vor dem Billardsalon parkte. Er sah, dass er einen Anruf von Jake verpasst hatte. Er hatte es nicht klingeln gehört, daher sah er nach und fand, dass der

Ton ausgeschaltet war. Er hörte sich die Nachricht an.

„Hey Bro, tut mir leid, dass ich dir das antue, aber ich werde es heute Abend nicht schaffen. Du wirst jemand anderen finden müssen, dem du Geld abnehmen kannst. Tut mir leid, dass es so kurzfristig ist, aber es geht nicht anders. Eines meiner Boote ist kaputt gegangen und ich musste alle abholen. Wir hören uns später."

Er hatte keinen Bedarf, hineinzugehen und Fremde zu finden, mit denen er Pool spielen konnte. Stattdessen startete er seinen Truck und fuhr vom Parkplatz. Er fühlte sich unruhig und war in größerer Versuchung, als er zugeben wollte, seinen Truck in Richtung der Pferdeställe zu lenken. Doch er kämpfte dagegen an. Er zwang sich, in die entgegengesetzte Richtung abzubiegen. Vielleicht würde er seine Leute treffen... doch dabei müsste er womöglich zu viele Fragen beantworten, daher entschied er, stattdessen nach Hause zu fahren. Er blieb an der roten Ampel an der Ecke stehen, wobei ihm erneut Gedanken an Kelsey in den Sinn kamen. Er tippte mit seinen Fingern im Beat der Musik auf das Lenkrad, während er über die Straße zu dem Parkplatz des Supermarktes schaute. Er überlegte sich, dass er zu dem Laden gehen könnte.

Dann sah er plötzlich Kelsey. Es dauerte eine Sekunde, um zu realisieren, dass die Frau, die mit großen Schritten und entschlossenem Tempo über den Parkplatz ging, Kelsey war. Es war, als würde sie aus seinem Kopf direkt auf den Fußweg gehen. Sie sah nicht glücklich aus. Er konzentrierte sich; ja, sie sah aufgebracht aus. Und dann sah er den Mann, der ihr zwanzig Schritte entfernt folgte. Er beschleunigte sein Tempo, während Max zusah. Er trug ein weißes Hemd, Jeans, Stiefel und einen Stetson. Kurz bevor sie ihren Truck erreichte, holte er sie ein. Er redete mit ihr und sie sagte etwas über ihre Schulter hinweg, als er sie am Arm packte.

„Was zur –" Max setzte sich auf, als der Mann begann, Kelsey anzuschreien und sie versuchte, ihren Arm aus seinem Griff zu lösen. Die Ampel wurde grün und er trat aufs Gas. Er wäre bei Rot gefahren, wenn nötig. Er schoss über die Kreuzung und auf den Parkplatz, wobei seine Reifen quietschten, als er um die Kurve und direkt auf den Mann zufuhr. Kelsey rang mit dem Mann, als Max auf die Bremsen stieg. Er stieg aus dem Truck, gerade als Kelsey sich aus dem Griff des Mannes befreit hatte und zu Boden fiel. Der Mann beugte sich über sie. Max zögerte nicht, als er aus dem Truck stürmte. Ohne Vorsicht belastete er sein schlechtes Knie, wobei ihn ein scharfer, stechender Schmerz erschütterte. Er stöhnte, sein Knie knickte ein, aber er blieb aufrecht, während er schnell die paar Meter zwischen ihm und dem Mann zurücklegte. Max griff ihn an und sie flogen beide zu Boden. Max sah Rot, als er den Mann zügig auf den Bauch drehte und seine Arme nach hinten und oben zog, sodass sich der Mann nicht mehr bewegen konnte. Er konnte noch schreien und tat das auch zur Genüge.

„Geh von mir runter. Lass mich los.“

Max ignorierte ihn. „Kelsey, geht es dir gut?“ Er sah zu ihr, während sie sich aufrichtete und sich am Arm rieb.

Sie sah verwirrt aus, als sie von ihm zu ihrem Angreifer blickte. „Mir, mir geht es gut. Er hat mich, er hat mich einfach gepackt.“

„Ruf den Notruf an.“

Sie starrte einfach auf den Mann, der ihr Drohungen entgegenschleuderte.

„Kelsey, schau mich an. Geht es dir gut?“, fragte er erneut und wollte zu ihr durchdringen. „Bist du sicher, dass du dich nicht verletzt hast?“

„Ich habe sie nicht verletzt“, knurrte der Mann.

„Hör auf, dich zu wehren und halt dein Maul. Du hast Glück, dass ich dich sacht angefasst habe. Kelsey, antworte mir – geht es dir gut?“ Sein Herz hämmerte, während er sein Telefon aus der Tasche zog und Levis Nummer mit dem Daumen eintippte. Er schlug sein Knie heftiger in die Niere des Mannes, als dieser sich herauswinden wollte. Max wandte seinen Blick nie von Kelsey ab und schließlich nickte sie.

„Sorry. Ich bin nur… erschrocken.“

Levi nahm den Anruf an. „Hey Max –“

„Levi, ich brauch dich bei dem Supermarkt an der Hauptstraße. Ein Mann hat Kelsey auf dem Parkplatz angegriffen. Und ich habe ihn, aber du musst herkommen.“

„Ich bin nicht weit weg. Ich bin auf dem Weg.“

Max steckte das Telefon zurück in die Tasche seines Hemds.

„Du wirst von meinem Anwalt hören", drohte der Mann.

„Du willst mich wirklich bedrohen? Ich habe gesehen, wie du sie gepackt hast. Ich habe gesehen, wie du ihr aus dem Laden gefolgt bist." In der Ferne ertönte eine Sirene.

„Vielleicht ist das eine schlechte Idee", sagte Kelsey.

„Ja, es ist eine schlechte Idee", brummte der Mann. „Sie wird keine Anzeige erstatten."

Max starrte Kelsey an. „Kennst du diesen Kerl?"

Sie nickte. „Er ist Alton Harrison, mein Ex-Chef."

KAPITEL VIER

Levi, der hergekommen war und Max angewiesen hatte, ihn übernehmen zu lassen, richtete Harrison auf.

Max stand an der Seite und hatte Schwierigkeiten, zu verstehen, was vor sich ging. Kelseys *Ex-Chef? Was hatte es damit auf sich?*

„Wirst du Anzeige erstatten, Kelsey?", fragte Levi.

Zu Max Überraschung schüttelte sie den Kopf. „Nein. Ich will nur, dass er weggeht und mich in Ruhe lässt. Geh zurück zu deiner Frau und deiner Ranch.

Hier gibt es nichts für dich, Harrison", erklärte sie dem Typen, wobei sie ihn mit festem Blick anstarrte.

Max schaute sie finster an. „Es geht mich nichts an, aber es scheint mir, dass du Anzeige erstatten solltest, wenn der Typ dich belästigt, damit er dich in Ruhe lässt. Er kann das nicht einfach machen und damit davonkommen."

„Du verstehst das nicht, Max."

„Nein, tue ich nicht."

Levi ließ den Mann los. „Sie verstehen, dass sie Anzeige erstatten könnte. Folgen Sie mir und geben Sie mir Ihren Führerschein. Ich gebe Ihnen eine Verwarnung wegen Ruhestörung. Und falls Sie zurück in meinen Zuständigkeitsbereich kommen und Schwierigkeiten verursachen, werde ich Sie verhaften. Verstanden?"

„Ich werde meinen Anwalt jeden einzelnen von euch verklagen lassen", schnauzte Harrison.

Max trat näher. Die Schmerzen in seinem Knie waren beinahe unerträglich. „Du steigst besser in deinen Truck und machst dich vom Acker, solange du noch kannst. Das nächste Mal werde ich dich nicht so schonen." Er hätte dem Kerl den Arm brechen sollen. Er schaute zu Kelsey. „Bist du dir sicher, dass du keine Anzeige erstattest?"

Sie schüttelte den Kopf. „Ich bin mir sicher. Ich will einfach nur, dass das vorbei ist."

Er wollte ihr sagen, dass das wahrscheinlich nicht so einfach sein wird, aber er hielt seinen Mund, sodass er nicht mehr sagen konnte als er sollte. Er lehnte sich gegen seinen Truck und winkte Levi zu. „Schaff ihn hier weg." Zu Kelsey sagte er nichts.

Sie verschränkte ihre Arme und konnte ihn nicht ansehen, während sie darauf warteten, dass Levi seine Informationen hatte. Dann, nach einer weiteren Warnung und Drohungen von dem Mann, beobachteten sie, wie er zu seinem Truck stürmte und davon fuhr.

Max konnte Rauch aus seinen Ohren wabern spüren, so wütend war er. Kelsey war angegriffen worden und sie hatte einen Rückzieher gemacht. Damit hatte er nicht gerechnet.

Levi stemmte seine Hände in die Hüften, beobachtete, wie der Mann wegging und drehte sich dann zurück zu Kelsey. „Er kommt womöglich zurück. Ruf an, wenn du Hilfe brauchst. Es war deine Entscheidung, aber ich finde sie nicht gut. Ich fahr besser zurück. Alles okay, Max?"

Max war sich ziemlich sicher, dass sein Bruder die Rauchwolken, die um ihn hingen, sehen konnte. „Ich werde nicht lügen. Ich bin ziemlich wütend. Aber es ist okay. Danke, dass du gekommen bist."

„Wir reden später." Levi stieg in seinen Polizeiwagen und fuhr davon.

Max drückte sich von seinem Truck weg und sein Knie knickte ein. Er hielt sich an der Ladefläche fest, um sich zu stabilisieren.

„Du bist verletzt", keuchte Kelsey und eilte zu ihm.

„Mir geht's gut", knirschte er zwischen seinen Zähnen hindurch.

„Nein, tut es nicht. Hier – leg deinen Arm über meine Schultern und lass uns dich in den Truck bringen. Kannst du fahren?"

„Ich kann fahren." Er hasste die Aufmerksamkeit, die jetzt auf ihm lag, aber er ließ seinen Arm über ihre

Schulter gleiten und sie ihm helfen, zum Fahrersitz zu kommen. Sie legte ihren Arm um seine Taille und half ihm.

„Es tut mir so leid", sagte sie.

Er sank auf den Sitz und hielt sein Knie, während er das pulsierende Bein in den Truck zog. „Was dagegen, einzusteigen und mir zu erklären, was das alles zu bedeuten hatte?"

Sie nickte, eilte dann auf die Beifahrerseite und stieg ein. Er schloss seine Tür und startete den Motor, um die Klimaanlage das Innere kühlen zu lassen. Nichts konnte sein Gemüt runterkühlen, aber er hielt seine Stimme stabil und ließ seine Meinung verstummen. Vorerst.

„Er war mein Chef. Ich habe auf seinem Grundstück gelebt und er dachte offensichtlich, weil ich dort lebte und für ihn arbeitete, dass ich ihm gehörte. Zuerst habe ich einfach versucht, meine Arbeit zu machen und die Warnzeichen, die ich von ihm erhalten habe, zu ignorieren. Ich habe seine anzüglichen Kommentare ignoriert und habe sichergestellt, nicht mit ihm allein und außerhalb der

Reichweite seiner Hände zu sein… so gut ich konnte. Er ist verheiratet, aber das schien für ihn keine Rolle zu spielen. Schließlich hab ich ihm ganz direkt gesagt, dass ich hier bin, um meinen Job zu machen: seine Pferde zu trainieren. Ich dachte, er würde sich zurückhalten. Max, ich bin gut darin, was ich tue. Ich hatte gehofft, dass ich den Job deswegen hatte. Aber er hatte andere Vorstellungen und begann, bei meinem Haus aufzutauchen. Es war beschämend." Sie sah weg. „Ich habe ihn nicht hereingelassen."

Max Kiefer spannte sich an. Er wollte den Mann wieder hier haben, damit er ihm eine Lektion erteilen konnte, wie man mit einer Lady umging. Er konnte sehen, dass Kelsey von der ganzen Vorstellung angeekelt war, aber warum hatte sie keine Anzeige erstattet? Es machte keinen Sinn. „Fahr fort."

„Gerüchte kamen auf, dass wir eine Affäre hätten. Bei den Shows wurde mir klar, was die Leute dachten und es ekelte mich an und beschämte mich. Als ich ihn damit konfrontierte, sagte er, er würde ihnen Einhalt gebieten. Und wie ein naives Kind habe ich ihm geglaubt. Und dann tauchte er eines Abends auf und kam mit seinem eigenen Schlüssel ins Haus."

„Hat er dich angegriffen?"

„Nein. Ich habe die Schlafzimmertür verschlossen und er ist schließlich gegangen. Am nächsten Morgen habe ich gekündigt und dann kamen die Gerüchte richtig ins Rollen. Dank deines Bruders bin ich hier und habe einen Job. Ich dachte, es wäre vorbei. Offensichtlich lag ich falsch. Aber ich habe den Dreck gerade hinter mich gebracht. Ich kann das nicht erneut durchmachen. Deswegen habe ich keine Anzeige erstattet."

„Allerdings musst du ihn vielleicht vor Gericht bringen, wenn du willst, dass das aufhört", drängte er, wobei er das Lenkrad so fest umschloss, dass seine Fingerknöchel weiß waren.

Sie blinzelte heftig; er sah Tränen in ihren Augen und dann ihre Wange hinunterlaufen. Sie wischte sie weg. „Du bist verletzt und das ist meine Schuld. Es tut mir so leid. Das ist so eine Sauerei."

„Ich war bereits verletzt. Ich habe es nur niemandem gesagt. Ich hatte es vor. Es ist nur überlastet. Ich sollte wahrscheinlich nach Hause fahren und es eine Weile kühlen."

„Ich werde mit dir kommen und den Eisbeutel für dich vorbereiten. Ich bin nicht bereit, nach Hause zu gehen."

Er nickte. „Dann schnall dich an. Es ist eine kurze Fahrt."

Kelsey konnte nicht glauben, dass sich Max wegen ihr verletzt hatte. Sie konnte nicht glauben, dass ihr Ex-Chef ihr hierher gefolgt war. Sie dachte, dass dieser Albtraum vorbei wäre. Und sie konnte sehen, dass Max und Levi über ihre Entscheidung nicht glücklich waren. Aber sie verstanden es nicht.

Sie fuhren schweigend einige Kilometer. Sie wollte Max nach seinem Knie fragen, aber sie wollte nicht, dass er mehr Fragen über ihren Ex-Chef stellte.

Schließlich sagte er: „Er hat sich dir nicht aufgedrängt, oder?"

Sie erstarrte, als sie sich an den Abend erinnerte, an dem er es probiert hatte. „Nein, er hat es versucht, aber ich bin ihm entkommen, habe mich im

Schlafzimmer eingeschlossen und gedroht, die Polizei zu rufen."

„Etwas sagt mir, dass du mir nicht die ganze Geschichte erzählst. Und ich schätze, ich weiß, dass mich das nichts angeht. Ich schätze, du kannst tun, was du willst, aber für mich ergibt das keinen Sinn."

„Können wir über etwas anderes reden?" Sie konnte Falten der Anspannung auf seiner Stirn sehen und wusste, dass sein Bein ihm ziemlich wehtat. „Sind wir bald da? Du brauchst wirklich etwas Eis und du solltest wahrscheinlich zum Arzt gehen."

„Mir geht es gut. Und wir sind da." Er bog auf eine unbefestigte Straße, die kurz und mit einem Tor verschlossen war. Er nahm einen Schlüssel aus der Mittelkonsole und gab ihn ihr. „Macht es dir etwas aus, es aufzuschließen?"

Sie nahm den Schlüssel; ihre Finger streiften sich und sie verspürte einen Funken von Bewusstsein. Sie legte ihre Finger um den Schlüssel. Sie musste weg von dieser Erregung, die sie in sich spürte. „Bin gleich zurück."

Sie sprang aus dem Truck, als wäre ein

Buschbrand hinter ihr her und ging mit großen Schritten zu dem Tor. Sie hatte es schnell aufgeschlossen, öffnete dann das Tor und wartete, während er hindurch fuhr.

„Das muss nicht wieder verschlossen werden. Ich werde dich bald nach Hause bringen", rief er aus dem Fenster.

Warum hatte er so ein Tor und keines mit Fernsteuerung?

Sie kletterte zurück in den Truck und er fuhr um eine Kurve. Sofort glitzerte das Meer vor ihnen auf. Es war ein wundervoller Fleck. Seine eigene, private Oase.

Die Sonne war fast untergegangen, aber dennoch war es, selbst in dem wenigen Licht, wunderschön. „Es ist traumhaft. Ich bin mir sicher, dass es bei Tageslicht fantastisch ist."

„Ich habe den Fleck vor Jahren entdeckt und das Land sofort gekauft. Ich hatte noch nicht die Zeit, alles in Schuss zu bringen, aber damit habe ich etwas zu tun, wenn ich zuhause bin. Ich mag die Abgeschiedenheit hier."

Er kam vor einem kleinen, ausgeblichenen, blauen Haus zum Stehen, ein winziges Haus. Es war eine Strandhütte, wirklich. Auf der einen Seite war ein geschützter Bereich mit einem Grill und Stühlen. Die Außenbeleuchtung war an und erhellte die farbenfrohen Stühle. Das war sein eigenes, kleines Paradies. Der perfekte Ort, um abzuschalten... und für einen alleinstehenden Kerl funktionierte es wahrscheinlich hervorragend.

Sie kletterte aus dem Truck. In dem Moment, in dem ihr Fuß den Sand berührte, war ein schreckliches Kreischen zu hören und ein kleines, dickes Schwein stürmte aus dem Schatten direkt auf sie zu.

„Beißt es?" Sie schaute zurück und sah, wie Max lachte.

„Nein, tut es nicht. Charlotte ist nur voll heißer Luft. Sie ist mein Wachschwein."

„Dein was?", fragte sie, während das Schwein sich näherte, schlitternd zum Stehen kam und mit runden und glänzenden Augen zu ihr aufsah.

„Charlotte ist ein wenig besitzergreifend, daher muss sie sich nur an dich gewöhnen. Sei lieb,

Charlotte", sagte er mit strenger Stimme. Das Schwein schaute sofort auf und versuchte, ihn über die Kante des Sitzes hinweg zu sehen. Max lehnte sich zu Kelsey, sodass Charlotte ihn sehen konnte. Der geringelte Schwanz des Schweines begann unverzüglich zu wackeln.

Kelsey lachte, es war so absurd. „Wird sie mir in die Hand beißen, wenn ich versuche, sie zu streicheln?"

„Nein, sie wird dich dafür lieben, wenn du ihre Ohren kraulst."

„Ich bin ehrlich überrascht." Sie warf ihm ein Lächeln zu, bevor sie ihre Hand nach unten streckte und Charlottes Ohr kraulte. Das Schwein grinste förmlich, während es sich streckte, um den Kontakt mit Kelseys Fingerspitzen nicht abreißen zu lassen. „Nun, du bist süß, das muss ich dir lassen. Aber ich muss dem Mann in deinem Leben aus dem Truck helfen."

Charlotte trottete neben ihr her, als sie um die Vorderseite des Trucks ging. Max hatte die Tür geöffnet und stand bereits mit seinen Händen an der

Tür.

„Du hast eine Freundin fürs Leben gefunden. Sie wird jetzt dein Buddy.“

„Das ist gut zu wissen.“ Sie lächelte ihn an. „Jetzt lass uns dich nach drinnen bringen. Dann musst du mir erzählen, wie du in den Besitz eines Schweins kamst. Und mach nicht einen auf Mr. Macho, denn ich weiß, dass du Schmerzen hast.“

„Die Schmerzen sind nicht so groß, als dass ich sie nicht ignorieren könnte, wenn eine bestimmte, hübsche Pferdetrainerin anbietet, in meine Arme zu kommen.“

Sie lachte, während er seinen Arm über ihre Schultern legte und sie ihren Arm um seine Hüfte schlang.

„Bereit?“

„Jederzeit.“

Er schaute sie an und ihr verschlug es den Atem, als sie zu ihm aufsah. Sie hatte den überwältigenden Wunsch, ihn zu küssen. *Nichts, worüber sie sich Gedanken machen sollte.*

„Los geht's.“

Er lachte tief und verführerisch vor sich hin,

während sie in Richtung Haus starrten. Es überdeckte fast das Stöhnen, das sie von ihm hörte, als er den ersten Schritt machte.

Charlotte trottete neben ihnen her, sehr neugierig, was sie da machten. Sie erreichte als erste die Tür und stupste sie mit der Nase an.

„Ich nehme an, sie ist es gewöhnt, manchmal die Tür zu öffnen?"

„Ja, wenn auch nicht oft. Sie weiß, dass die Tür manchmal nicht komplett einrastet und sie hineingucken kann."

Er zog den Schlüssel aus seiner Tasche und schloss auf. „Du kannst dich wieder hinlegen, Charlotte", erklärte er ihr, während sie durch die Tür manövrierten. Das Schwein grunzte und trottete gehorsam davon.

„Du hast nicht einfach nur ein Schwein, sondern ein trainiertes Schwein."

„Jupp. Sie ist ein Wachschwein und nimmt ihren Job ernst. Sie hat schnell gelernt."

„Ich bin beeindruckt."

Er schaltete ein Licht ein und der Raum erhellte

sich. Er war farbenfroh und die Möbel waren schlicht, aber Unikate. Sie sahen selbstgemacht aus.

„Der Raum gefällt mir."

„Danke. Ich bemühe mich."

Sie half ihm auf die Couch und er legte sich entspannt darauf. „Ich hole das Eis. Hast du irgendwelche Schmerzmittel?"

„Schrank neben der Gefriere."

Sie ging in die kleine, angrenzende Küche, die durch eine Bar und Stühle vom Wohnbereich getrennt war. „Also, wie bist du zu Charlotte gekommen?" Sie öffnete den Gefrierschrank. Darin lag eine Ansammlung von Kühlakkus. „Ach du meine Güte, du bist vorbereitet."

„Ja, in meinem Job weiß man nie, wie viele Eisbeutel man braucht."

Sie runzelte die Stirn als Erinnerung, dass er wahrscheinlich oft verletzt von einem Einsatz wiederkam. Nicht zu sagen, wie weit er manchmal wandern oder klettern musste, um dorthin zu kommen, wo auch immer sein Einsatz stattfand. Oder wie oft er verletzt wurde.

„Ich habe sie als Ferkel bekommen. Ich hatte gelesen, dass sie gute Wächter sind und falls notwendig, kann sie sich selbst versorgen. Hier draußen gibt es jede Menge Wurzeln und Käfer, von denen sie sich ernähren könnte, wenn sie müsste."

Sie ging zurück in den Raum und gab ihm die Ibuprofen und ein Glas Wasser. Dann nahm sie den Eisbeutel und gab ihn ihm.

Er legte ihn auf sein Knie und dann lehnte er seinen Kopf nach hinten auf die farbenfrohen Kissen. „Danke", sagte er. „Das war dringend nötig."

Sie ließ sich auf der Sesselkante gegenüber der Couch nieder. Er hatte seine Augen geschlossen und sie musterte ihn. Sie schaute weg. *Besser als seine kantigen Gesichtszüge zu studieren.* Stattdessen betrachtete sie den Raum.

„Bist du nervös?"

Sie schaute zu ihm hinüber und sah, wie er sie beobachtete. Sie lehnte sich auf dem Sessel zurück und versuchte, zu entspannen. „Nein. Warum sollte ich?"

Seine Lippen bogen sich nach oben zu diesem Lächeln und da war das Grübchen, das sich manchmal zeigte.

„Das stimmt. Warum solltest du? Entspann dich. Mit mir bist du sicher.“

Sie fragte sich, wie groß seine Schmerzen waren. Er zeigte es nicht, aber sie hatte das Gefühl, dass sie groß waren und das war ihre Schuld.

„Ich verarbeite nur alles. Ich weiß, dass du zu deinem Einsatz oder irgendetwas davon nichts sagen darfst, aber du wurdest offensichtlich ziemlich ernsthaft verletzt. Machst du dir deswegen Sorgen?“

Sein Gesicht verdunkelte sich. „Es könnte meinen Status ändern. Könnte die Laufbahn meines Lebens verändern. Und das habe ich niemandem erzählt.“

Für Männer vom Militär, die sich ihrer Karriere verschrieben haben und getrieben davon sind, zu dienen und zu entbehren, wie er – wie ihr Vater – war das eine wirklich schwierige Situation und das wusste sie. Konnte es in seiner Stimme hören und im Blick seiner ernsten Augen sehen. Die Tatsache, dass er niemanden aus seiner Familie von seiner Situation erzählt hatte, sprach ebenfalls dafür. Verdrängung war eine schlechte Begleiterin.

„Wann wirst du es erfahren?"

Er spannte sich an. „Ich habe nächste Woche einen Arzttermin zur Beurteilung. Danach werde ich mehr wissen."

Schuldgefühle umnebelten sie. „Es tut mir so leid. Heute war überhaupt nicht hilfreich… es könnte allen Fortschritt, den du erzielt hast, zunichtemachen." Sie rieb sich den Nacken, als sie sich verspannte. *Was, wenn sein Knie auf dem Weg der Heilung gewesen war und es dann, weil er ihr geholfen hatte, schlimmer beschädigt worden war? Was, wenn sie ihn aus dem Dienst entließen und es ihre Schuld war?*

Sein Blick war düster. „Ich würde es wieder tun, um den Idioten davon abzuhalten, dir wehzutun."

Das war das Süßeste, was je jemand zu ihr gesagt hatte. Wie selbstlos er war.

„Ich wünschte, du würdest Anzeige gegen ihn erstatten. Ich habe diesbezüglich kein gutes Gefühl und habe eine Ahnung, dass du in Gefahr sein wirst."

Sie stöhnte. „Damit fühle ich mich jetzt nicht besser."

„Vielleicht nicht, aber es ist die Wahrheit."

„Ich will nicht wieder durch den Dreck gezogen werden. Ich will hier auf Windswept Bay leben und wieder ein gutes Gefühl in meinem Leben haben."

„Aber du hast nie etwas falsch gemacht. Das war er. Und du lässt ihn vom Haken."

Sie starrten einander an… und sie war sich nicht ganz sicher, was sie sagen sollte.

KAPITEL FÜNF

Max konnte seinen Blick nicht von Kelsey lassen. Er versuchte nicht zu starren, aber war dabei nicht erfolgreich. Der Schmerz in seinem Knie lenkte ihn ein wenig ab. Aber dennoch hatte ihn etwas an ihr gepackt. Und ihm ging ihre Situation nicht aus dem Kopf.

„Dir gefällt es also, für Cam zu arbeiten und du stehst nicht auf Männer vom Militär und du hast einen dich stalkenden Ex-Chef. Was gibt es für mich sonst noch über Kelsey Malone zu wissen?" Er grinste leicht in der Hoffnung, seine Worte etwas abzumildern. Aber er wollte mehr über sie erfahren. Und in Wahrheit waren diese drei Sachen alles, was er über sie wusste. Jetzt wusste er, warum sie für Cam arbeitete und was ihr bei ihrem letzten Job widerfahren war. Dennoch erklärte nichts davon, warum sie sich nicht mit Soldaten verabredete.

Sie lachte. „Das ist nicht meine Lebensgeschichte. Es gibt mehr; es scheint nur, als wäre es momentan nur das. Ich glaube, du und ich wir haben zurzeit trotzdem etwas gemeinsam." Sie sah ihn mit einem zaghaften Grinsen an.

Ihm gefiel dieses Grinsen wirklich. Aber die Wahrheit war, dass ihm an ihr alles gefiel. „Ja?", sagte er, wobei er nicht in der Lage war, den flirtenden Ton aus seiner Stimme herauszuhalten. „Und was wäre das?"

„Wir sind beide in einer Übergangsphase. Ich lasse gerade Angst und Müll von meinem vorherigen Job hinter mir. Und du bist im Übergang von etwas, das du liebst, zu etwas, das du akzeptieren musst, egal, wie es ausgeht. Kannst du damit umgehen? Nicht jeder kann das."

Sie blickte zu ihm und sah ganz genau, was in seinem Kopf vor sich ging. Er wusste, dass er wie ein Profi-Quarterback in einem Footballteam war – irgendwann war es vorbei. Ob es ihnen gefiel oder nicht, es gab immer jemanden, der jünger war, schneller und bereit, auf der Leiter nach oben zu klettern und ihren Platz einzunehmen. Und schlussendlich würde das passieren. Der Quarterback konnte sich dann entscheiden, zu lange zu bleiben oder aufzuhören, wenn er im Spiel noch immer oberste Klasse war. Er verurteilte niemanden, das würde er nicht tun. Aber er bewunderte diejenigen, die aufhörten, während sie noch auf dem Höhepunkt waren, anstatt diejenigen, die einfach nicht loslassen konnten und immer wieder zurückkamen, bis es ein Muss wurde und sie damit ihre Laufbahn überschatten ließen. Sie hatten ihn – hatten ihn an den Eiern. *Wer würde er sein?*

„Alles okay. Damit komme ich gerade klar. Ich will nicht der Quarterback sein, der nicht aufhören kann."

„Ja, das verstehe ich. Ich weiß, wovon du redest.

Es ist schwer, aber die Realität ist, dass dein Knie womöglich bleibenden Schaden davontragen wird, wenn das hier vorbei ist und das lässt sich schwer wissen. Dein Team verlässt sich auf jede einzelne Person. Was wirst du tun, falls dein schwaches Knie nachgibt, wenn du versuchst, einen verletzten Kameraden zu tragen… wenn dich dein Team braucht, um ein Leben zu retten?"

„Ist es das, was passiert ist?"

Sie sah ihn durchdringend und aufmerksam an. Sie schluckte schwer. „Ja, tatsächlich. Mein Dad. Er wusste nicht, wann man aufhören sollte. Er wollte nicht aufhören und es war egal, dass er eine Ehefrau und eine Tochter hatte, zu denen er nach Hause kommen konnte und die ihn brauchten. Alles, was zählte, war ein weiterer Einsatz. Nur noch einer. Am Ende ist er nicht nach Hause gekommen. Wie einige andere Kerle in seiner Einheit. Es war hart. Und jetzt kennst du die ganze Begründung hinter meinem Schwur."

Er war sprachlos. Und sein Herz empfand Mitleid für sie, weil er an der Blässe auf ihrem Gesicht und dem Schmerz in ihren Augen erkennen konnte, dass es ihr naheging. Ihrem Dad war es am Ende wahrscheinlich nicht nahegegangen – aber es hatte sie für ihr Leben geprägt.

Und er war sich nicht sicher, wie er ihr helfen konnte. „Das mit deinem Dad tut mir leid. Das ist wirklich hart."

„Danke. Ich habe es hinter mir gelassen, aber werde in meiner Zukunft nicht dasselbe tun."

„Ich verstehe und fühle mit dir mit." Er lächelte sie sanftmütig an und die Spannung in ihr löste sich. „Also, wie wäre es mit etwas zu essen? Ich weiß, du hast deine Grundsätze, aber wir müssen essen… bist du nicht hungrig? Ich habe Burger und kann ein paar grillen." Es war einen Versuch wert – er war nicht bereit, dass sie ging und sie mussten etwas essen. Man konnte einem Kerl keinen Vorwurf für seine Versuche machen.

„Du bist nicht in der Verfassung, um zu kochen. Ich denke, ich gehe besser nach Hause. Ehrlich gesagt weiß ich nur nicht, was mit der Anziehungskraft zwischen uns anzufangen ist. Sie kann nirgendwohin führen."

Wow. Sie war direkt und ehrlich. Und das gefiel ihm. Gefiel ihm sehr.

Eines war sicher: Man wusste, woran man bei Kelsey war. Ihr Ex-Chef war offensichtlich dämlich gewesen oder hatte ihr fehlendes Interesse einfach ignoriert. Außer sie war etwas diplomatischer gewesen, wenn es um ihren Chef ging. Dennoch hatte dieser Typ, wenn es nach Max ging, keinerlei Berechtigung für das, was er getan hatte.

Sie stand auf und Max fühlte sich etwas verzweifelt, wie er sie länger hier behalten könnte.

„Also, das Knie fühlt sich besser an und es ist Zeit, den Eisbeutel wegzulegen. Ich lege Burger auf den Grill und womöglich habe ich ein paar ziemlich bequeme Stühle draußen. Dort ist auch ein wunderschöner Mond… keine Hintergedanken. Nur eine gemeinsame Mahlzeit." Er klang verzweifelt, aber er wollte heute Nacht nicht allein sein – zumindest während des Abends. Nicht schon wieder. Wollte nicht über seinen Einsatz oder seine Zukunft nachdenken. Er wollte einfach mit einer hübschen Frau am Strand sitzen und den Wellen lauschen und den Mond auf dem Wasser glitzern sehen.

Aber er wollte nicht einfach irgendeine Frau. Er wollte Kelsey Malone.

Die Versuchung war für Kelsey so groß. So unglaublich groß und doch… „Ich muss wirklich nach Hause."

Er sah enttäuscht aus und das traf sie schwer in der Brust.

„Okay." Er begann, aufzustehen. „Dann bringe ich dich nach Hause."

Sie zögerte. „Okay." Kelsey beobachtete Max beim Aufstehen. Er verzog leicht das Gesicht und sie wusste, dass er den Schmerz vor ihr verbarg, als er versuchte, es mit einem Grinsen zu überspielen. Er war ein Marinesoldat, natürlich würde er versuchen, ihn zu verbergen. Wahrscheinlich war er darauf trainiert, mit Schmerz umzugehen. Was sie zu dem Wissen brachte, dass, was auch immer da hinter seiner Kniescheibe los war, wirklich schlimm sein musste. *Wirklich schlimm.*

Schuldgefühle trafen sie. „Warte. Was wirst du essen, wenn du mich nach Hause gebracht hast?"

Er zuckte mit den Schultern. „Ich werde zurückkommen und die Burger zubereiten, genau wie ich es vorhatte, aber ohne gute Gesellschaft." Seine Brauen kräuselten sich über seinen blauen Augen auf höchst provokante Weise. Ihr Inneres erbebte ein wenig.

Der Mann war wegen ihr verletzt und er würde auf seinem verletzten Knie stehen müssen, um sich seine eigene Mahlzeit zuzubereiten. Sie musste ihre Stirn eine Minute lang gegen eine Wand schlagen. Sie war egoistisch, weil sie Angst vor ihm hatte. Ja, das ließ sich nicht leugnen.

Sie wollte nach Hause gehen und den einfachen Weg nehmen… und das war gänzlich falsch.

„Okay, hier ist der Deal. Ich werde zustimmen, zu bleiben, solange du sitzen bleibst und mich das Grillen und den Rest der Zubereitung übernehmen lässt."

Er begann, zu sprechen und sie wusste, dass er dabei war, nein zu sagen. Sie hob ihre Hand. „Nein – so werde ich zustimmen, länger zu bleiben. Nur so werde ich bleiben. Du bist verletzt, weil du mir geholfen hast, daher ist es nur richtig, wenn ich dir etwas zu essen zubereite. Ich weiß, wie man Burger grillt. Tatsächlich bin ich sogar ziemlich gut im Grillen von Burgern. Ich habe es von meinem Großvater gelernt. Also, falls du meine Spezialburger und meine Gesellschaft für den Abend haben möchtest, stimmst du zu, auf diesen bequemen Stühlen zu sitzen, von denen du mir erzählt hast, während ich Abendessen für uns zubereite.“

Er hatte den verführerischsten Ausdruck auf dem Gesicht, während sich ein breites Grinsen ausbreitete. *Da war wieder das Grübchen.* Das Grübchen war nicht immer zu sehen – es war als würde es nur zu speziellen Anlässen herauskommen. Speziellen Momenten… Und, au weia, genau so einer war gerade jetzt.

Sie könnte sich selbst schlagen. *Sie steckte in so großen Schwierigkeiten.*

„Wenn das die Bedingungen sind, dann werde ich jetzt gleich nach draußen gehen, schätze ich, um mich dort hinzusetzen.“

Sie lachte, ging hinüber und legte ihren Arm um

seine Taille, um ihm zu helfen. Ihr Inneres erbebte, während sie das tat. Er hielt inne und sah sie an.

Sie stöhnte stumm und versuchte, nicht an die Tatsache zu denken, dass sie sich praktisch umarmten. „Okay", brachte sie hervor und gab sich selbst einen Tritt in den Hintern. „Leg deinen Arm um mich und lass uns gehen. Ich bringe dich nach draußen in einen der Stühle und dann werde ich ein Tablett holen und alle Zutaten herausbringen und mit den Burgern loslegen."

Sein Arm glitt hinüber und sie war sich so bewusst, wie ihre Körperseite an seine drückte und wie sein Arm über ihren Schultern lag. Ihr Herz raste und Schmetterlinge flatterten überall, wo es möglich war – von ihren Zehenspitzen bis zu ihren Haarwurzeln. Wahrscheinlich brachen Schmetterlinge aus ihren Haarspitzen hervor und flogen jetzt gerade um ihren Kopf herum.

Die Emotionen, die sie empfand, waren verrückt und faszinierend.

„Ähm, Backblech und Zeug... ich meine Gewürze."

Er lächelte. „Backbleche sind in diesem großen Schrank. Die Hamburgermasse ist in einer Schüssel im Kühlschrank. Ich habe sie noch nicht gewürzt, daher kannst du alles verwenden. Die Gewürze sind im Schrank über dem Ofen und die Brötchen sind zusammen mit einer Reihe von Chips in der Vorratskammer. Ich mag den Geschmack von pikantem Ranch-Dressing."

Sie seufzte. *Der Mann war einfach so unwiderstehlich... und er hatte die wundervollste Stimme –* Sie riss ihre Entschlossenheit am Kragen hoch und räusperte sich. „Klingt, als hättest du für alles gesorgt. Lass uns weiter nach draußen gehen."

So konnte sie sich konzentrieren und ihren Kopf gerade rücken. Du liebe Güte.

Glücklicherweise dauerte es nicht lange, um den kleinen Raum zu durchqueren und sich zu den Stühlen zu bewegen. Der Klang der Brandung war aus dieser Entfernung sanft und der Mond sah wie ein großes Licht aus, das am Horizont hing. Er war grell und warf eine goldene Spur endlose Kilometer über das dunkle Wasser zu ihnen.

„Du hattest Recht – das ist unwiderstehlich und unbedingt sehenswert.“

„Ich hab's dir gesagt. Ich bin froh, dass du geblieben bist.“

Das war sie auch. Nachdem sie ihm in seinen Stuhl geholfen hatte, ging sie zurück nach drinnen. Alles war dort, wo er gesagt hatte. Seine Küche war so organisiert, dass es offensichtlich war, dass der Mann beim Militär war: Alles hatte seinen Platz und es war perfekt angeordnet. Sie lächelte. In dieser Hinsicht waren sie so unterschiedlich. Sie musste immer nach Dingen suchen… er würde bei ihr auf der Suche nach Gewürzen wahnsinnig werden, weil einige in einem Schrank waren und andere… woanders. Bei welchem Schrank es sich auch immer befand, wenn sie die Arbeitsfläche saubermachte.

Sie sammelte alles zusammen und ging zurück nach draußen und stellte das beladene Tablett auf den Tisch. Charlotte hatte sich zu Max Füßen auf ihr Gesäß gesetzt. Das Schwein liebte ihn, das war klar.

Charlotte drehte ihren Kopf und beobachtete Kelsey sehr neugierig bei allem, was sie tat. Es war fast, als würde sie Anspruch auf Max erheben und ihn vor Kelsey bewachen.

Sie legte die Kohlen in den Grill und griff nach dem flüssigen Grillanzünder und dem Feuerzeug, die er auf dem Regal neben dem Grill hatte. Innerhalb von Sekunden flammten die Kohlen auf.

„Das hast du wie ein Profi gemacht."

Sie drehte sich um und sah Max, wie er sie mit einem leichten Grinsen beobachten.

„Ha, du hast mir also nicht geglaubt. Grillen ist nicht nur für Männer."

Er kicherte. „Das ist für mich vollkommen in Ordnung."

Sie kicherte. „Gut zu wissen, dass deine Männlichkeit davon nicht bedroht ist."

„Überhaupt nicht. Ich freue mich darauf."

Im Regal neben dem Grill befand sich ein Waschbecken und sie nahm an, dass es als Grillstation diente und dazu, Fisch zu säubern. Sie drehte das Wasser auf und bereitete dann die Burger vor, während die Kohlen aufheizten. Sobald sie ihre Hände gewaschen hatte, stellte sie das Blech mit den Burgern neben den Grill und zog dann ein Schneidebrett hervor und machte sich daran, die Tomaten in Scheiben zu schneiden.

„Du hast das hier draußen schön hergerichtet."

„Danke. Für mich funktioniert es. Ich koche sehr selten in der Küche."

Alles war fertig, also legte sie die Burger auf den Grill und hob den Deckel darauf. „Ich werde jetzt was zu trinken holen. Ich habe gesehen, dass du eine kleine Auswahl an Getränken in deinem Kühlschrank hast. Was kann ich dir bringen?"

„Ich nehme tatsächlich eine Flasche Wasser, wenn es dir nichts ausmacht. Nimm dir, was immer du willst."

Sie ging hinein und nahm sich Teller und die Chips und zwei Flaschen Wasser. Charlotte trottete zu ihr, während sie die Chips auf den Tisch legte. „Ich kann noch immer nicht glauben, dass du ein Schwein hast. Auch wenn sie süß ist und dich von Herzen liebt, das ist offensichtlich."

„Ja, tut sie. Aber ich kann dir sagen, dass sie dich momentan mehr liebt."

Kelseys Brauen kräuselten sich. „Mich?"

Er nickte. „Du hast die Chips. Dieses Schwein liebt Chips wie eine Katze Katzenminze liebt. Ich bin überrascht, dass sie dich nicht in die Knie gerammt und dich wegen ihnen angegriffen hat, als sie die Packung erblickte.“

Sie lachte. „Ernsthaft?“

„Oh, ich meine es ernst. Wir machen hier keine Scherze über Kartoffelchips. Sie wird sie nehmen, wie sie sie kriegen kann und in jeglicher Geschmacksrichtung. Sie ist kein wählerisches Schwein.“

Sie kam noch immer nicht über die Tatsache hinweg, dass er ein Schwein als Haustier hatte, aber es wuchs ihr allmählich ans Herz. Sie reichte nach unten und kraulte Charlottes pinke Stirn. Charlottes gekringelter Schwanz wackelte so schnell, dass sich ihr Rumpf bewegte. Es war umwerfend komisch und Kelsey lachte. „Oh, das gefällt ihr auch.“

Er schüttelte seinen Kopf. „Ja, tut es.“

„Also sollte ich ihr einen Chip geben?“

„Das wäre wahrscheinlich eine gute Idee, denn in einer Minute wird sie aufhören, nett zu sein und versuchen, den Tisch umzurammen, um sie zu bekommen.“

Kelsey verzog das Gesicht. „Dann werde ich ihr einen geben.“

„Mach daraus zwei oder drei. Und würde es dir etwas ausmachen, mir eine Tüte rüber zu werfen?“

„Klar.“ Sie nahm eine Tüte mit Ranch-Dressing-Geschmack und gab sie ihm zusammen mit dem Wasser hinüber.

„Danke. Nach denen bin ich auch süchtig. Ich versuche, sie zu limitieren, weil ich nicht meinen Sport kriege, den ich brauche und ich habe Angst, an Gewicht zuzulegen.“ Er grinste.

„Du und ich, wir wissen beide, dass du dir keine Sorgen um dein Gewicht machen brauchst. Mit dieser Figur arbeitet dein Stoffwechsel wahrscheinlich zwanzig Mal so viel wie der einer normalen Person. Du verbrennst Kalorien, während du nur dort sitzt.“

Das brachte ihn zum Lachen. „Ja, aber wenn mein Knie nicht bald in Ordnung gebracht wird, wird er sich verlangsamen.“

„Nun, für heute Abend kannst du erstmal deine Chips genießen. Hier, ich nehme tatsächlich auch welche.“ Sie griff in die Tüte und nahm eine Handvoll.

Sie lachte und biss von einem ab, während sie einander anlächelten.

Und so verging der Rest des Abends. Sie nahm die Burger vom Grill und bereitete sie fertig zu. Sie gab Max einen Teller, bevor sie sich auf einen der bequemen Stühle neben ihm niederließ. Sie aßen und lauschten der Brandung.

Es war so schön. Sie hatte die meisten ihrer Mahlzeiten allein gegessen und ihr war früher am Nachmittag klar geworden, dass sie darüber nachdachte, mehr auszugehen, weil sie es satt hatte, allein zu essen.

Zu dem Zeitpunkt hatte sie keine Ahnung gehabt, dass sie heute Abend mit Max essen würde.

Er hatte sein Bein auf einem Stuhl hochgelegt und sie bemerkte, wie er ein paar Mal das Gesicht verzog. Sie nahm an, dass sein Bein wieder anfing, zu pochen und zu schmerzen. Sie wollte ihn fragen, ob er eine weitere Schmerztablette haben wollte, aber er war erwachsen und sie nicht seine Betreuerin.

Sie musste sich daran erinnern.

Er war ein Erwachsener und würde sie nehmen, wenn er sie brauchte.

„Du machst mich wirklich neugierig", sagte er und riss sie aus ihren Gedanken.

„Nun, ich verstehe nicht genau, warum. Ich habe jede Menge Ballast, wie du heute Abend herausgefunden hast. Davon abgesehen bin ich einfach eine normale Frau."

„Ähm, nein. Das finde ich nicht. Du bist tiefgründig. Und… ich werde ehrlich mit dir sein: Mir gefallen deine Grundsätze überhaupt nicht. Ich kann dir sagen, Kelsey Malone, dass das nicht die einzige Mahlzeit ist, die ich mit dir werde teilen wollen. Ich würde dich gern zum Abendessen einladen. Ein schönes Lokal, vielleicht das Calypso. Oder das Strandrestaurant des Resorts. Meine Schwestern haben mit der Renovierung des Resorts bereits einen großartigen Job gemacht und das neue Restaurant soll, wie ich hörte, wirklich fantastisch sein. Ich war bisher zu beschäftigt, um hinzugehen und ich hatte niemanden, den ich einladen konnte. Aber ich würde dich gern zu einem netten Essen einladen und zusammensitzen und mehr Zeit mit dir verbringen, ohne das Schwein in der Nähe."

Er meinte es ernst, das konnte sie sehen. Ihr gefiel

es, dass er so direkt war wie sie. Mit jedem Moment, der verging, wurde er nur noch unwiderstehlicher.

Er nahm einen Bissen von seinem Burger und kaute, während er ihre Reaktion auf das, was er gesagt hatte, beobachtete.

Sie nahm einen weiteren Bissen und trank dann von ihrem Wasser. Schließlich lächelte sie. „Nein ist für dich keine Antwort, richtig?"

„Nein, nicht wenn ich auf einer Mission bin. Ich weiß, dass ich es akzeptieren sollte, aber ich kann nicht. Ich würde dich gern mit zum Fallschirmspringen oder Wandern oder irgendetwas Abenteuerlicherem als nur ein Essen nehmen, aber ich bin momentan ein wenig indisponiert und daher ist es nicht möglich. In der Hinsicht bin ich daher realistisch."

Sie lachte. „Du bist unmöglich. Du verhandelst hart, aber ich bin genauso stur wie du und die Antwort ist nein. Ich habe das Essen hier für dich zubereitet und diesen lieblichen Abend mit dir verbracht, um mich bei dir zu revanchieren, dass du mich heute Nachmittag gerettet hast, aber das war's. Jetzt wirst du mich nach Hause bringen und dann nach Hause fahren, dich in dein Bett legen und schlafen. Wenn du es ein paar

Tage schonst, wirst du vielleicht, hoffentlich, einen guten Bericht kriegen, wenn du nächste Woche zum Arzt gehst. Du wirst das, was du liebst zu tun, noch eine Weile länger machen können und soweit es um mich geht, ist das nichts, wo ich dabei sein kann, wenn es das ist, was du willst. Nicht einmal für ein Date. Und du musst das verstehen und akzeptieren.“

Er runzelte die Stirn und sie fuhr fort… sie musste, vielleicht um ihren Standpunkt vor sich selbst zu bestätigen.

„Ja, ich bin versucht, sehr versucht. Ich bin versuchter als jemals in meinem Leben, eine Ausnahme zu machen.“ *Das* hätte sie vielleicht nicht sagen sollen. Sie musste nach Hause gehen und zwar jetzt. Denn Zeit mit ihm zu verbringen, würde es nur schlimmer machen.

KAPITEL SECHS

Einige Tage später war Kelsey ins Windswept Bay Resort zu einem Mädelsabend mit Lana, Jessica und den Sinclair Schwestern eingeladen. Sie würden einen spaßigen Abend haben. Sie war von Lana und Jessica eingeladen worden, weil alle wussten, dass sie keine Zeit hatte, um in der Stadt Freunde zu finden.

Sie genoss es, Leute kennenzulernen, aber bisher waren die Leute, die sie auf dem Gestüt kennengelernt hatte, Touristen gewesen. Sie war so dankbar für die Einladung. Es würde großartig werden, mit Frauen abzuhängen… mit Freunden. Ihr hatte es gefehlt, mit

Frauen in ihrem Alter Zeit zu verbringen.

Sie ging mit viel Vorfreude in die wunderschöne Lobby des Resorts. Lana hatte ihr gesagt, dass sie sie abholen würde, aber Lana war Lehrerin und Kelsey wollte nicht, dass sie den ganzen Weg raus zu den Ställen fahren musste. Cam war wieder in Texas auf seiner Ranch, während Lana ihre letzten Monate Unterricht abschloss, bevor sie heirateten. Sie wollte die Hochzeit nicht stattfinden lassen, bis sie mit ihm zurück nach Texas ziehen konnte. Es funktionierte tatsächlich, sodass Kelsey Lana und Jessica besser kennenlernte und jetzt würde sie mehr Zeit mit Max' Schwestern verbringen.

Sie winkten ihr zu, als sie am Rezeptionsbereich vorbei in den großzügigen Bereich der Lobby des wunderschönen Resorts mit den gewundenen Treppen ging. Lana und Shar, eine der Sinclair Drillinge, standen am Fuß der Treppe. Und als sie näher kam, sah sie Cali, die älteste der Sinclair Schwestern und Jillian, eine weitere Drillingsschwester, wie sie die Treppen aus dem zweiten Geschoss herunterkamen. Jillian war schwanger und hatte einen kleinen Babybauch unter ihrem Sommerkleid. Sie strahlte förmlich.

Ihr kam der Gedanken, dass sich die Büros dort oben befanden, aber sie war sich nicht sicher. Lana kam auf sie zu und umarmte sie.

„Ich freue mich so, dass du gekommen bist", sagte Lana.

„Danke für die Einladung."

Shar umarmte sie ebenfalls. „Es ist toll, dass du zu uns kommen konntest. Je mehr, desto besser."

„Ich war mehr als bereit, etwas Zeit mit Frauen zu verbringen", gab Kelsey zu.

Shar und Lana stimmten ihr zu.

Von der Rückseite des Gebäudes betraten Olivia und Jessica das Gebäude, gerade als Cali und Jillian den Fuß der Treppe erreichten. Alle begrüßten einander mit Lachen und Umarmungen. Sie freuten sich alle darauf, den Abend gemeinsam zu verbringen.

Kelsey fühlte sich gesegnet, Teil davon zu sein.

Ihr fiel auf, dass Shar ein farbenfrohes T-Shirt trug, auf dem stand: „Rette eine Meeresschildkröte". Sie bewunderte Shar für die Arbeit, die sie im Windswept Bay Krankenhaus für Meeresschildkröten und in der Stiftung, die sie mit ihrem Ehemann Gage ins Leben gerufen hatte, leistete. Sie hatte vor, sie bald mal zu besuchen.

„Ich werde irgendwann mal zum Reiten rauskommen", sagte Shar. „Ich hatte nur noch nicht die Zeit. Aber ich werde bald mal rauskommen, um auf der Suche nach Meeresschildkrötennestern oder Gelegen, wie sie genannt werden, den Strand entlang zu joggen. Bess ließ mich für gewöhnlich immer wissen, wenn sie welche entdeckte. Sie spannte immer das Sicherheitsband auf, um die Leute auf Abstand zu halten. Ich kann rauskommen und dir zeigen, wie man das macht, wenn es okay für dich ist."

„Das fände ich super. Um ehrlich zu sein, ist das sogar notwendig. Ich weiß nicht viel über Meeresschildkröten, da ich zuvor nie nahe am Meer gelebt habe."

„Shar ist diejenige, die dir zeigt, wie man all das macht", sagte Jessica. „Sie ist wie Superwoman. Sie rettet jeden Tag einer Meeresschildkröte das Leben. Alle haben mir das erzählt, aber jetzt weiß ich, dass es stimmt."

Shar lachte. „Ich tue, was ich kann, um eine Schildkröte zu retten."

„Ja, tust du", sagte Cali. „Mehr als die meisten."

„Das stimmt", sagte Jillian.

„Ich finde das wundervoll", sagte Kelsey. „Ich glaube, für das Gestüt wäre es toll, ein paar wilde Mustangs aufzuziehen."

„Oh, das sollten wir tun", sagte Lana. „Meine Brüder engagieren sich tatsächlich in einem Programm zur Rettung wilder Mustangs. Ich werde Cam fragen, ob wir hier dasselbe tun können. Sie können so viel Hilfe wie möglich gebrauchen."

„Das ist eine großartige Idee", sagte Shar. „Ich bin ganz dafür, Tiere zu retten. Wer leitet das Programm?"

„Die Landwirtschaftsbehörde", sagte Kelsey. „Ich hatte immer gehofft, es gäbe einen Weg, wie ich ihnen helfen könnte. Aber ich habe nie genug Land besessen, um zu helfen."

„Wir werden das umsetzen", sagte Lana. „Der Strand schreit nach ein paar amerikanischen Ureinwohnern, um an der Küstenlinie entlang zu springen."

Darüber lachten alle und begannen, aufgeregt zu erzählen. Kelsey mochte jede von ihnen so viel mehr. Ihr hatte es so gefehlt, mit Freunden abzuhängen.

Ihr ganzes Leben lang – bevor ihr Vater starb – waren sie und ihre Mutter von einem Ort zum nächsten gezogen, um ihm zu folgen, wohin auch immer ihn das Militär schickte. Sie gewann Freunde und verließ sie dann. Deswegen fand sie es als Erwachsene schwer, sich jemals wirklich mit vielen Leuten zu einer längerfristigen Freundschaft zu verbinden. Wegen ihrer eigenen Karriere war sie ein gutes Stück rumgekommen. Aber jetzt, hier an den Küsten von Windswept Bay, freute sie sich darauf, hier zu bleiben und Wurzeln zu schlagen. Noch ein Grund, warum sie nicht wollte, dass ihr Probleme hierher folgten.

Das war ihr Neuanfang. Nicht nur für ihre Arbeit, sondern für ihr Leben. Es war ein Ort, von dem sie in ihrem Herzen wusste, dass sie sich hier niederlassen und für immer bleiben konnte. Sie fühlte sich sicher oder zumindest hatte sie sich sicher gefühlt, bis ihr Ex-Chef aufgetaucht war. Und Cam Sinclair war einer der herausragendsten und am meisten respektierten

Männer, die sie kannte und der perfekte Chef. Er war Hals über Kopf in Lana verliebt, sodass sie sich keine Sorgen über irgendwelchen Mist machen musste, um den sie sich bei ihrem letzten Job hatte sorgen müssen. Das war die perfekte Konstellation für sie.

Falls ihr Vollidiot von Ex-Chef nicht irgendetwas tat, um es noch mehr kaputt zu machen. Glücklicherweise hatte sie ihn nicht noch einmal gesehen und das war eine gute Sache.

Zu ihrer Überraschung hatte Max in den vergangenen paar Tagen zweimal angerufen, nur um zu fragen, ob alles in Ordnung war und um sicherzugehen, dass ihr Ex-Chef sie nicht weiter belästigt hatte. Sie hatte es als nett empfunden, dass er das tat und sie musste zugeben, dass prickelnde Vorfreude sie traf, jedes Mal, wenn er anrief und jedes Mal, wenn sie seinen Namen auf dem Display sah und dann den Klang seiner Stimme hörte. Es war eine andere Vorfreude als die, die sie empfunden hatte, bevor sie hierhergekommen war, um den Abend mit Freundinnen zu verbringen… es war so anders. Oh, sie versuchte, sich einzureden, dass es nicht passiert war, aber es war sehr offensichtlich, dass er ihr Interesse geweckt hatte. Sie hielt sich tapfer, blieb stark und hatte ihre Unterhaltungen streng darauf beschränkt, dass er sich nach ihrer Sicherheit und ihrem Wohlbefinden erkundigte. Sie waren freundlich gewesen, aber er respektierte ihre Wünsche und es gab kein Reden über ein Date oder irgend so etwas.

Das hielt sie nicht davon ab, daran zu denken… noch hatte es sie davon abgehalten, an ihn zu denken. Noch hatte es sie davon abgehalten, sich den ganzen Tag zu fragen, wie sein Termin beim Arzt heute gelaufen war.

Den Gedanken aus ihrem Kopf schiebend versuchte sie, diesen Moment frei von Gedanken an ihn zu halten. Sie konnte nicht emotional mit Max anbandeln und das bedeutete, er konnte ihr nicht die ganze Zeit im Kopf herumgehen.

„Also, wollen wir auf die Terrasse?", fragte Cali an alle. „Sie haben für uns einen Ecktisch auf der Terrasse reserviert, sodass wir auf das Wasser schauen können. Es sollte ein reizender Abend werden, um dazusitzen, zu genießen und eine schöne Zeit zu haben."

„Unsere eigene kleine Welt für den Abend." Olivia lächelte.

„Perfekt", sagte Shar und alle stimmten zu. Sie folgten Cali durch die Hintertüren der Lobby. Der Bereich war wunderschön, selbst im schwindenden Sonnenlicht, mit den angehenden Lichtern war die Landschaft traumhaft.

Sie musste einen Kommentar dazu abgeben. „Dieses Resort ist wunderschön. Die Blumen sind so prachtvoll."

Shar grinste und deutete auf Jillian. „Das ist unsere Jillian. Sie hat einen grünen Daumen – ich habe einen schwarzen Daumen. Ich glaube, sie hat auch meinen Grünanteil gestohlen, aber das geht für mich in Ordnung. Jupp, sie macht all das. Mit dem Team, aber alles kommt aus ihrem hübschen Kopf. Ich habe immer gesagt, dass wir uns sehr glücklich schätzen können, sie zu haben."

Jillian schüttelte den Kopf, wobei sie bei den ausschweifenden Komplimenten ihrer Schwester verlegen aussah. „Ich liebe, was ich tue und weißt du, es ist so, als wäre ich ein Künstler. Ich sehe es in meinem Kopf und dann reproduziere ich es hier. Aber das bin nicht nur ich. Ich habe so ein talentiertes Team. Ich glaube, du könntest Blair schon kennengelernt haben. Sie ist unsere Top-Mitarbeiterin; sie tut alles, was sie kann, um auszuhelfen. Aber sie ist meine rechte Hand und hilft dabei, dass alles rund läuft. Sie ist gerade auch schwanger und muss etwas kürzer treten. Ich weiß nicht, was ich tun werde, wenn sie während der ersten sechs Monate nur in Teilzeit arbeitet und ich dann dasselbe zwei Monate später mache."

„Wir werden das schaffen", sagte Cali. „Ihr und diese zwei Babys werden das sein, was wichtig ist!"

Alle begannen sofort, aufgeregt über die Babys zu reden. Sie schienen sich für ihre Freundin Blair und ihren Ehemann Jax genauso wie für Jillian und ihren Ehemann Ryan zu freuen. Kelsey fand das süß und sie liebte es, wie sehr sie sich Gedanken machten. Es bestand die kleine Hoffnung, dass wenn sie… falls sie… jemals die Liebe fand und ein Kind erwartete, schließlich echte Freunde wie diese haben würde, die sich für sie freuten. Kelsey hatte einfach nicht realisiert, wie sehr sie sich nach solchen Beziehungen gesehnt hatte.

Oder hatte realisiert, wie isoliert sie tatsächlich geworden war.

Jillian erklärte, dass Jax das Lagoon Adventures in der Stadt gehörte und er auch als Künstler mit Calis Ehemann zusammenarbeitete. Calis Ehemann war der weltberühmte Maler Grant Ellington, der Wandbilder vom Meeresleben erschuf. Er reiste in der Welt herum, malte riesige Wandbilder mit Motiven aus dem Meer und soweit sie verstand, begleitete Jax ihn manchmal für größere Projekte. Kelsey wusste, dass es eine Ehre war, mit Grant zu malen und es bedeutete, dass Jax selbst talentiert sein musste.

Grant hatte ihm eine großartige Möglichkeit gegeben. Das ließ Kelsey an die großartige Möglichkeit denken, die Cam ihr gegeben hatte. Die Möglichkeit, von vorn zu beginnen. Frisch.

„Also wir hoffen, dass Jillians Baby ebenfalls einen grünen Daumen wie Jillian hat, sodass die Tradition fortgesetzt werden kann", sagte Olivia.

„Ich habe keinen grünen Daumen." Kelsey lachte. „Aber wenn ich einen hätte, hätte ich nie wirklich die Zeit oder würde mir die Zeit nicht nehmen, um viel zu pflanzen. Und ich war wirklich seit einer Weile nicht mehr an einem Ort, wo ich mir die Freiheit nehmen konnte, irgendetwas zu pflanzen. Ich freue mich, hier zu sein und für Cam zu arbeiten." Sie schaute zu Lana. „Ich bin deinem Verlobten so dankbar für die Möglichkeit, die er mir gegeben hat. Ich finde es toll, euch alle kennenzulernen."

Lana umarmte sie kurz. „Glaub mir, wir sind dir so dankbar. Denn wegen dir kann er in Texas sein und weiß, dass hier alles super läuft."

Es fühlte sich so gut an, wertgeschätzt zu werden. Es gab ihr ein befriedigendes Gefühl, zu wissen, dass sie wertgeschätzt wurde und das war etwas, das ihr lange Zeit gefehlt hatte.

Sie bestellten Vorspeisen und Getränke, während der Sänger in der Ecke der Terrasse auf seiner Gitarre spielte und alte Platten von den Beach Boys und eine Sammlung anderer Hits aus der Vergangenheit sang. Die Atmosphäre war perfekt und die Gesellschaft ausgezeichnet. Während die Schwestern und Schwägerinnen und zukünftigen Schwägerinnen sich fröhlich unterhielten, kam Kelsey nicht umhin, zu bemerken, dass das eine großartige Familie zum Einheiraten wäre, falls sie jemals in einem Familienverbund sein würde. Der Gedanke traf sie aus heiterem Himmel, überraschte sie und schickte ihre Gedanken direkt zurück zu Max.

Sein hübsches Gesicht erfüllte ihre Gedanken und das Grübchen erschien, als er lächelte. Ihr Magen flatterte und sie stöhnte lautlos. Der Mann drang in ihre Gedanken ein und brachte ihr Herz beim bloßen Gedanken an ihn zum Rasen. Das war keine gute Sache für eine Frau, die entschlossen war, sich nicht auf Männer vom Militär einzulassen.

Was für eine grausame Verstrickung des Schicksals.

Dennoch schaute sie sich, während sie dort saß, um und realisierte, dass keine der Schwestern von den Schwierigkeiten wusste, die Max gerade durchmachte. Keine von ihnen wusste, dass die Karriere, die er liebte und für die er so hingebungsvoll war, das Leben, dass er gewählt hatte und liebte, heute gut und gern für ihn beendet sein könnte. Mit diesem Gedanken im Kopf gab es keine Möglichkeit, dass sie ihn für den Rest des Abends aus ihren Gedanken fernhalten konnte… ganz egal, wie viel sie wusste, sie konnte sich nicht auf ihn einlassen.

Zwei Tage später hatte sie noch immer nichts von ihm gehört und sie machte sich Sorgen, dass er verletzt zuhause saß und schlechte Neuigkeiten erhalten hatte.

Wegen der Schuldgefühle, die sie wegen des ganzen Vorfalls empfand, waren die Sorgen um ihn beinahe nicht auszuhalten. Sie schlief in dieser Nacht nicht viel und als sie aufwachte, ließ es sich einfach nicht verhindern… sie musste nach ihm sehen.

Sie ging mit zwei Gruppen am Strand reiten. Sie liebte es, mit ihrem Pferd am Strand zu reiten und den aufgeregten Unterhaltungen der Leute in den Gruppen zu lauschen, aber sie war nicht mit dem Herzen dabei. Es war ein wunderschöner, sonniger Tag: der weiße, unberührte Sandstrand mit dem Wasser, das so schön und blau im Sonnenlicht wie Juwelen funkelte. Die Kulisse mit den sich wogenden Palmen und dem wundervollen, natürlichen Unterholz und einem blauen, wolkenlosen Himmel, der über ihnen hing… es war ein echtes Paradies. Aber heute konnte sie nur an Max denken.

Sie schaute regelmäßig auf ihr Telefon und dachte, er würde anrufen. Es war so lange her und vielleicht würde er anrufen, um sich nach ihr zu erkundigen. Aber er tat es nicht.

Als die letzte Tour vorbei war, war es kurz nach Mittag und sie hielt es nicht länger aus. „Zack", rief sie dem Studenten zu, der für sie arbeitete. „Ich nehme mir den Nachmittag frei. Kommst du klar?"

„Klar. Kein Problem."

„Danke." Sie fasste sich kurz, weil sie nicht wollte, dass er irgendwelche Fragen stellte und ging hinein, um kurz zu duschen. Sie machte sich vielleicht Sorgen um Max, aber sie würde nicht nach Pferd riechend bei seinem Haus auftauchen. Dreißig Minuten später stieg sie in ihren Truck und beschloss, ihn anzurufen, bevor sie bei ihm ankam. Das wäre besser, als ihn zu überraschen. Aber ihr Anruf blieb unbeantwortet und das bestärkte sie in ihrer Entscheidung, zu ihm zu fahren. Ihr Bauchgefühl sagte ihr, dass etwas nicht stimmte.

Sie fuhr ihn die Stadt und die Küstenstraße entlang, die zu ihm führte. Als sie sein Tor erreichte, war es natürlich verschlossen. Also parkte sie ihren Truck, nahm die Schlüssel und sprang dann über den Zaun. Sie ging den Weg entlang und um die Ecke —es verschlug ihr den Atem. Sie hatte diesen Ort nicht bei Tageslicht gesehen. Es war wunderschön: eine private Bucht mit einem kleinen Strand, auf dem ein kleines, blassrotes und herumgedrehtes Boot aus Holz im Sand und außerhalb der Reichweite der Wellen lag… aber darauf wartend, umgedreht zu werden und mit ihm rauszufahren.

Eine Handvoll farbenfroher Klappstühle stand in der Nähe, ebenfalls außerhalb der Reichweiter der hereinrollenden Wellen. Max Grundstück mochte klein sein, aber es hatte viel Charme. Sie lächelte, als sie die kleine, blaue Hütte in den Bäumen sitzen sah. Sie erwartete, dass Charlotte angerannt kam, als sie sich näherte und war überrascht, als das Schwein nicht herauskam. Es kam auch nicht herbei, als sie an die Tür klopfte. Da waren kein Schwein und kein Max. *Aber sein Truck war da...* Sie sah sich um, wobei sie halb damit rechnete, dass er plötzlich aus dem tropischen Holz heraustrat.

Dann hörte sie Hämmern. Sie drehte sich in die Richtung der Bäume. Das Land hinter dem Bungalow ging in ziemlich steilem Winkel nach oben, etwas, das sie in der Dunkelheit nicht gesehen hatte, selbst mit dem hellen Mond, da die Bäume es verdeckt hatten. Plötzlich stockte ihr der Atem. Dort oben war ein Haus.

Oder zumindest der Anfang eines Hauses.

Max baute ein Haus.

Er hatte ihr erzählt, dass er das Grundstück verbesserte und dass er all die Arbeit selbst machte, was bedeutete, dass es eine Weile dauerte – ihr war nicht klar gewesen, dass er nicht über seine kleine, blaue Hütte geredet hatte. Er hatte davon gesprochen. *Was für ein Projekt.*

Sie folgte dem Weg, der hoch zum Haus führte. Es

war wunderschön, nicht fertig, aber die Außenteile waren zusammengekommen und passten gut in die Bäume. Es war aus Stein, Holz und Glas. Aus dieser Höhe würde er einen umwerfenden Blick über das Wasser haben.

Es gab noch keine Tür und so ging sie durch die rahmenlose Türöffnung und blickte in Richtung des hämmernden Geräuschs. Sie sah ihn mit dem Rücken zu ihr auf der anderen Seite des Raumes. Er arbeitete an einem Rahmen in einer Wand. Er trug einen Werkzeuggürtel, der tief auf seinen in Jeans gekleideten Hüften hing und ein dunkelblaues T-Shirt. Charlotte saß bei seinen Füßen und lümmelte praktisch auf seinen Stiefeln, während sie jede seiner Bewegungen interessiert beobachtete.

Das tat auch Kelsey. Sie trat einen Schritt auf ihn zu, wobei sich der Mann und sein Schwein in ihre Richtung drehten. Charlotte quiekte, sprang auf ihre Füße und trottete zu Kelsey. Ihr kleiner Ringelschwanz wackelte heftig.

Charlotte freute sich offensichtlich, sie zu sehen, aber Max lächelte nicht.

Nein, seine Miene verriet ihr genau das, wovor sie Angst hatte, es zu erfahren.

„Ich habe mir Sorgen um dich gemacht." Sie musterte ihn, während sie Charlottes Ohr kraulte. „Ich dachte, ich komme vorbei, um nach dir zu sehen."

Sein Kiefer spannte sich an und sein Blick wanderte weg.

„Also… wie geht es dir?", fragte sie und war entschlossener als je zuvor, diesen sturen Mann zum Reden zu bringen.

Er sah zu ihr zurück. „Es war nicht gut", sagte er fast emotionslos.

Die Emotionslosigkeit sagte ihr auch, wie schwer die Neuigkeiten für ihn waren. „Also bist du raus? Ist es vorbei?"

Er nickte kurz. „Ja und das war die einzige Entscheidung, die sie treffen konnten. Sie haben mir natürlich einen Bürojob angeboten, aber ich habe abgelehnt. Ich nehme die Abfindung. Sie meinten, das wäre das einzige, was sie tun könnten… es war wirklich die einzige Option. Ich kann nicht für potentielle Schäden meiner Teammitglieder verantwortlich sein. Sie legen ihr Leben in meine Hände und ich meines in ihre. Ich würde von ihnen dasselbe erwarten. Es ist so entschieden. Genau, worauf du hingedeutet hast."

Er tat ihr leid. Es war egal, dass sie ihrer Meinung nach nicht mit dem Leben einer Militärfamilie umgehen konnte. Nein, hier ging es um Max. Und die Tatsache, dass Max verletzt war. Sie war schockiert, wie sehr es sie traf. *Hatte sich ihr Dad so gefühlt? Oder hätte sich gefühlt, wenn er aufgehört hätte? Vielleicht.* Das änderte nicht, wie sie sich als sein Kind gefühlt hatte.

„Es tut mir wirklich leid. Also, was wirst du tun?"

Er lachte schroff und trocken. „Ich werde dieses Haus bauen. Ich arbeite seit langer Zeit an meinem kleinen Projekt. Ich werde eine Knie-OP haben. Ich denke, sie wird nächste Woche sein."

„Ich weiß, dass deine Familie nicht wusste, was du durchmachst. Und ich habe mit deinen Schwestern und auch Lana und Jessica vorgestern zu Abend gegessen. Es hat mich belastet, dass niemand wusste, was bei dir los ist und ich bin hierhergekommen, um nach dir zu sehen. Um zu sehen, wie es dir geht. Ich hoffe, das macht dir nichts aus.“

„Nein, tut es nicht. Ich bin nicht in besonders guter Stimmung. Andererseits werde ich mich auch nicht in meiner Enttäuschung suhlen. Ich bin am Leben. Das kann ich nicht von jedem behaupten. Nicht jeder kommt von diesen Einsätzen zurück.“

Das war das Äußerste, was er sie über seine Einsätze wissen ließ. Und dann leuchtete es ihr auf, dass bei diesem Einsatz, in dem sein Knie so schwer verletzt worden war, der seine Karriere beendet hatte… andere nicht nach Hause gekommen sein mussten.

Und das schmerzte ihn.

„Ich habe viel darüber nachgedacht. Über dich und deinen Dad. Ich verstehe deine Entscheidung und Beweggründe wirklich. Aber jetzt kann ich nicht viel sagen, außer dass ich bei ein paar Beerdigungen war, seitdem ich von dem letzten Einsatz zurück bin. Und es war hart, die Familien meiner Kameraden zu sehen… ihre Kinder. Und du hast das durchgemacht. Du verstehst mehr als die meisten.“

Sie wollte ihre Arme um ihn legen und ihm Trost spenden, von dem sie wusste, dass er nicht danach fragen würde. Oder war sich nicht sicher, dass er es gut finden würde. Aber sie wollte es trotzdem. Aber das war wieder gefährlich für sie. „Ich bin gekommen, weil ich es trotz allem verstehe. Ich verstehe es."

Sie starrten einander eine Weile an. Sie atmete tief durch. Das Verlangen, ihre Arme um ihn zu legen, war beinahe überwältigend. So stark, dass sie einen Schritt zurückging, sodass sie nicht einfach nachgeben konnte. „Ich schätze, ich will nur sagen… ich bin hier. Ich bin hier, wenn du reden willst. Ich weiß, dass es Dinge gibt, über die du nicht reden kannst, aber ich bin hier. Und du wirst es jetzt auch deiner Familie erzählen? Richtig?"

„Ja, ich werde es ihnen erzählen. Ich brauche nur etwas Zeit, um es zu verarbeiten. Ich werde es ihnen wahrscheinlich morgen erzählen."

Sie nickte. Dann war sie nicht mehr die einzige, die ihm Trost spendete. Er würde andere haben, die Verständnis hatten. Andere, die ihn unterstützen konnten. Und er würde seine Brüder haben. Andere

Männer, an die er sich lehnen konnte.

„Ich schätze, ich gehe besser. Ich muss zurück zu den Ställen. Ich konnte einfach nicht anders, als vorbeizukommen." Sie konnte es nicht lassen, ging zu ihm und blieb ein paar Schritte von ihm entfernt stehen. Er sah überrascht aus, als sie die letzten Schritte ging und ihre Arme um ihn legte. Ihr Herz hämmerte in ihrer Brust. Sie konnte nicht anders, als ihren Kopf an seine Brust zu legen. Sie spürte sein Herz schnell gegen ihr Ohr schlagen, als sich seine Arme um sie legten. Er sagte nichts und sie sagte nichts; dann ließ sie ihn los und zog sich aus seinen Armen zurück. „Wir sehen uns später."

Sie war auf dem Rückweg.

„Wie bist du hierhergekommen?"

Sie drehte sich um. „Ich bin gelaufen. Ich habe meinen Truck am Eingang geparkt."

„Oh, okay. Und ich dachte, ich könnte mich hier von der Welt abschirmen."

Sie lachte. „Das ist nur in deinem Kopf. Du hast jede Menge Leute dort draußen, die nicht zulassen würden, dass du dich zu lange von ihnen abschirmst."

„Ja, das stimmt. Danke, dass du gekommen bist."

Sie bemerkte, dass er sich bewegte. Und sie fragte sich, wie sehr sein Knie schmerzte. Aber jetzt gerade hatte sie das Gefühl, dass sein Knie nicht das war, was am meisten wehtat. Die Tatsache, dass seine Karriere vorbei war, bevor er bereit war, dass sie endete, hatte wahrscheinlich eine deutlich höhere Schmerzintensität als sein Bein.

„Pass auf dich auf." Sie ging aus der Tür und den Weg hinunter, wobei ihre Gedanken schwer waren, als sie das blaue Wasser sah. Und dann ging sie zu ihrem Truck.

Da traf sie dieser Gedanke. *In seinem Schmerz, in seinem Verlust hatte sich auch die Tür geöffnet, die zwischen ihnen verschlossen gewesen war.*

KAPITEL SIEBEN

Nachdem Kelsey gegangen war, legte Max seinen Hammer ab, lief dann zu dem offenen Fenster hinüber und ließ sich vorsichtig auf der Fensterbank nieder. Er ächzte vor Schmerzen. Er hätte sich beinahe dazu entschieden, die OP nicht zu machen, aber da drinnen war eine Menge nicht in Ordnung und die Ärzte hatten geraten, dass er es jetzt durchziehen und nicht warten sollte. Sein Knie war so zertrümmert, dass die Ärzte sich sorgten, es würde nie wieder zu hundert Prozent heilen. Selbst nach der Operation könnte er Stabilitätsprobleme haben. Die Ärzte fragten sich, warum die vorherigen Ärzte, die sich das Knie direkt nach dem Einsatz angeschaut hatten, nicht sofort operiert hatten.

Er hatte weder ein Bein noch ein Leben verloren, daher sollte er dankbar sein. Und das war er. Er musste nur den Schock überwinden und akzeptieren, dass das Leben, wie er es kannte, vorbei war und es Zeit war, eine neue Zukunft zu planen.

Er stand auf und griff nach dem Stock, den er benutzte und ging dann langsam durch den Seiteneingang des Hauses nach draußen und setzte sich auf den Sitz seines Quads. Die einzige Möglichkeit, wie er es auf den Berg geschafft hatte, war mit seinem Quad. Jetzt fühlte er sich schuldig, dass er Kelsey nicht angeboten hatte, sie zurück zu ihrem Truck zu bringen, aber er hatte nicht gewollt, dass sie sich noch schlechter fühlte als sie es wahrscheinlich ohnehin schon tat. Sie machte sich bereits Sorgen, dass sie seine Verletzung verschlimmert hatte. Wenn sie ihn herumhumpeln gesehen hätte, wäre sie erschrocken gewesen. Das würde er ihr nicht zumuten.

Er fuhr den Berg hinunter und Charlotte trottete

neben dem Fahrzeug her. Er parkte es direkt vor seinem Bungalow und ging direkt vom Quad zu seinem Truck. Es machte keinen Sinn, noch länger Zeit zu verschwenden. Es war an der Zeit, seine Familie zu besuchen. Zeit, zuzugeben, dass er ein Problem hatte.

Zeit, sie wissen zu lassen, dass er ihr Mitleid nicht wollte. Es war bereits aus und vorbei und an der Zeit, das hinter sich zu lassen.

Er hielt zuerst bei der Polizeistation an, entdeckte Levis SUV und auch den von Jillians Ehemann Ryan. Er war jahrelang Undercover Cop gewesen und hatte seinen Job aufgeben müssen, daher hatte er in gewisser Weise das durchgemacht, was Max gerade durchmachte. Nur dass Ryan bereit für eine Veränderung gewesen war.

Max wusste, dass Ryan sehr glücklich war und sie bald ein Baby erwarteten.

Er musste so damit umgehen. Er wusste, dass er versuchen musste, so wie Ryan damit umzugehen. Er stieg von seinem Sitz und griff nach seinem Stock. Er musste sich eine Krücke besorgen und nachdem er es seiner Familie erzählt hatte, würde er wahrscheinlich eine holen. Es war nicht nötig, es jetzt noch zu verstecken und er wusste nicht, ob er es eine Woche lang bis zur OP ohne schaffen würde.

„Hey Bruder." Levi schaute überrascht, als er den Stock sah. „*Was* ist das?"

Ryan legte seinen Stift ab. „Hast du dich verletzt?"

„Na ja, nicht ganz. Ich bin verletzt, seitdem ich von meinem letzten Einsatz wiederkam. Ich konnte es verstecken, bis ich letzte Woche aus dem Truck gesprungen bin, um Kelsey zu helfen. Ich muss mich nächste Woche operieren lassen."

„Wie schlimm ist es? Wie lange wird die Reha dauern?", fragte Levi.

„Es wird eine Weile dauern und im besten Fall wird es nur eine siebzigprozentige Regeneration, wegen der Komplexität der Verletzung. Gestern erhielt ich die Neuigkeiten von den Ärzten."

Ryan und Levi schauten einander an und er sah, wie es in ihren Köpfen ratterte. „Ja, ich habe gestern meine Entlassungspapiere erhalten."

„Das ist schrecklich." Ryan schüttelte seinen

Kopf.

Levis Brauen senkten sich. „Du bist raus? Sie haben dich entlassen?“ Seine Worte waren eine Mischung aus Fassungslosigkeit und Sorge.

„Ja. Keine Wahl. Ihr wisst, ich muss einhundert Prozent fit sein.“

„Verständlich“, murmelte Ryan in Gedanken versunken. „Dennoch weiß ich, dass das hart für dich ist.“

„Ja, es ist hart.“

„Falls es irgendein Trost ist“, bot Ryan an, „für mich gab es ein Leben nach der Undercover-Arbeit. Auch für dich wird es ein Leben nach dem Spezialeinsatzkommando geben, wenn du es zulässt.“

„Hab ich gehört.“ Seine Gedanken wanderten zu Kelsey. „Ich habe es verdrängt, seitdem ich zurück war, aber ich war mir ziemlich sicher, dass es so kommen würde. Selbst vor meinem Stunt vor einigen Abenden, als Kelseys Chef aufgetaucht ist.“

„Hier, setz dich hin.“ Levi ging um den Tisch und drehte den Stuhl, sodass Max nicht zu weit gehen musste.

Max ließ sich auf dem Stuhl nieder, wobei der Stock half, das Knie gerade zu halten. Dennoch verzog er das Gesicht.

„Vielleicht hättest du am Schreibtisch sitzen sollen, der Stuhl wäre nicht so niedrig gewesen." Levi schaute besorgt.

„Ist okay. Und mir geht es gut… wirklich. Ich arrangiere mich damit. Kelsey hatte letztens angemerkt, dass ich mein Team in Gefahr bringen würde, wenn ich nicht zu hundert Prozent fit wäre. Das hat mir wirklich geholfen, eine neue Perspektive einzunehmen."

Sowohl Ryans als auch Levis Augen füllten sich mit Spekulationen, als er realisierte, was er gesagt hatte.

„Du und Kelsey, ihr redet also miteinander?", fragte Levi.

„Jupp, tun wir", sagte er ohne Zögern und versuchte, zu entscheiden, wie viel er preisgeben sollte. „Ich mag sie. Sie ist ein guter Mensch. Cam hat eine gute Entscheidung getroffen, sie einzustellen. Was für einen Witz von einem Chef – Ex-Chef sie hatte.

Was ich ihm gern antun würde…" Die Feindseligkeit gegenüber diesem Mann war etwas, das schwer zu überwinden sein würde. Er wollte sie beschützen. „Wo wir davon reden: Sie hat mir erzählt, dass er nicht wieder aufgetaucht ist. Glaubst du, dass das vorbei ist? Oder glaubst du, dass er nochmal wiederkommt?"

„Na ja, ich würde sagen, ich habe einen Streifenwagen, der dort ein paar Mal am Tag seine Runde fährt. Ich habe Cam davon erzählt. Ryan und ich haben etwas nachgeforscht. Und er ist nicht die Art Kerl, die etwas, das er will, wirklich leicht aufgibt. Und er ist nicht sonderlich angesehen in den Kreisen, in denen er sich bewegt. Daher weiß ich es nicht. Er würde sich nicht dem Risiko aussetzen, seinen Namen mit einem Gerichtsverfahren in Zusammenhang zu bringen. Aber er ist hitzköpfig genug, dass das egal sein könnte. Daher sind wir, wenn sie keine Anzeige erstattet, in einer Warteposition."

„Du hältst dich aus Schwierigkeiten heraus", fügte Ryan hinzu.

„Na ja, momentan bin ich ziemlich nutzlos. An dem Tag neulich war mir noch etwas

Bewegungsspielraum geblieben, aber das ist seitdem ziemlich auf der Strecke geblieben. Daher werde ich mich auf euch verlassen müssen, Jungs, um sicherzustellen, dass sie in Sicherheit ist."

„Wir tun alles, was wir können. Mir gefällt es gar nicht, dass sie keine Anzeige gegen ihn erstattet hat."

„Ja, mir auch nicht und das habe ich ihr gesagt. Ich kann sie noch immer mit meinen Waffen beschützen, wenn ich müsste, aber…"

„Ich würde es begrüßen, wenn du versuchen würdest, dich daraus zu halten. Ich werde versuchen, sie zu schützen."

„Versuchen ist nicht gut genug." Max hielt den Blick seines Bruders. „Beschütze sie."

„Wir tun alles, was wir können. Sie hat keine einstweilige Verfügung unterschrieben, daher werde ich den Mann nicht dafür verhaften können, dass er bei ihr und den Ställen auftaucht. Oder wenn er sich ihr in der Stadt nähert. Sie hat mir keine rechtliche Grundlage gegeben, das zu tun. Dennoch werde ich sicherstellen, dass sie in Sicherheit ist. Das Mädel ist dir wichtig", sagte Levi. „Ich glaube nicht, dass ich dich zuvor je so ernst gesehen habe."

„Ja, du hast Recht. Ich muss sagen, sie hat etwas an sich, dass mich schon bei der Begrüßung gepackt hat. Das ist ein Filmklischee, ich weiß, aber es ist wahr."

Ryan grinste. „So funktioniert das manchmal."

Er nickte. „Aber ihr Dad war ein Marinesoldat. Er ist für sein Land gestorben und sie steht nicht auf Männer aus dem Militär."

Levis Gesichtsausdruck wurde spekulierend. „Du bist nicht mehr beim Militär."

„Ja, das wurde mir gesagt."

Kelsey war aufgewühlter als sie sein wollte, nachdem sie Max verlassen hatte. Sie war nicht bereit, zurück zu den Ställen zu fahren, aber war sich auch nicht sicher, wohin sie gehen sollte. Dann fiel ihr Blick auf das Windswept Bay Krankenhaus für Meeresschildkröten. Ohne einen weiteren Gedanken bog sie auf den Parkplatz und stieg aus.

Das war die perfekte Ablenkung.

Sie ging gerade in Richtung Eingang, als sie durch die offene Tür eine Gruppe von Menschen das Gebäude verlassen und zu einem der Krankenwagen gehen sah. Shar war eine von ihnen. Ohne mit dem Denken aufzuhören, ging Kelsey durch die offene Tür und auf sie zu.

Shar entdeckte sie. „Hey Kelsey, du bist vorbeigekommen."

„Ja, ich dachte, ich schau es mir mal an. Fahrt ihr irgendwohin?"

„Wir haben eine Schildkröte in Schwierigkeiten. Willst du mitkommen?"

Sie brauchte eine Ablenkung und das war genau das. „Klar. Wenn ich nicht im Weg bin."

Ein gutaussehender Typ mit dunklem, gelocktem Haar öffnete die hintere Tür des Krankenwagens. „Machst du Witze? Das ist Shars Codewort, um zu sagen, dass du mitkommen sollst, um uns zu helfen."

Shar lachte. „Alex hat Recht. Wir können immer Hilfe gebrauchen."

Alex zog einen Rucksack heraus und schnallte ihn sich auf den Rücken. Shar zog eine Wanne aus dem

Krankenwagen.

Aufregung erfüllte Kelsey. „Dann würde ich gern mitkommen."

Der andere Mann – Shar nannte ihn John – schloss die Türen des Krankenwagens. „Geh ihnen hinterher", sagte er.

Kelsey realisierte, dass Shar und Alex auf die Rückseite des Gebäudes zugingen. In Richtung Wasser.

Zu ihrer Überraschung war sie innerhalb weniger Augenblicke in einem Motorboot mit dem Emblem des Meeresschildkrötenkrankenhauses an der Seite. Alex stand am Steuer, John stand neben ihm. Sie und Shar saßen auf einer Bank im hinteren Teil des Bootes, während sie über das funkelnde, blaue Wasser rasten. Gischt schäumte auf und bespritzte sie, was sich erfrischend und dann aufregend anfühlte, als der Wind sie umgab. Bei dem bloßen Gedanken daran, an einer Rettung teilzunehmen, wurde sie von Vorfreude erfüllt.

„Es ist eine Unechte Karettschildkröte und sie blutet und treibt etwa acht Kilometer weit draußen zwischen der Küste und dem Riff im Wasser. Jake entdeckte sie und gab uns die Koordinaten durch. Er war gerade mit einer Gruppe draußen zum Tauchen im Riff. Sie könnte sehr wahrscheinlich von einer Motorschraube getroffen oder von einem Hai gebissen worden sein."

„Ist sie groß?"

Shar zuckte mit den Schultern. „Jake sagte, sie sah aus, als würde sie mindestens über neunzig Kilo wiegen. Unechte Karettschildkröten werden bis zu 180 Kilo schwer, als nicht so groß, wie andere Arten. Groß genug, dass es womöglich unser aller Kraft oder den Kran braucht, um sie rauszuholen."

Sie wurden langsamer, als sie den Bereich erreichten und entdeckten die Taucherfahne, die Jake ausgesetzt hatte. Nicht weit entfernt war tatsächlich die sich windende, verletzte Schildkröte. Sie war noch am Leben.

„Warum hat Jake nicht versucht, sie zu retten?"

„Wir bevorzugen es, gerufen zu werden. Vor allem wenn sie so groß sind wie diese hier."

Alex steuerte das Boot und John lehnte sich

heraus, als sie näherkamen. „Das sind mit Sicherheit 140 Kilo. Es ist ein großer Junge."

Alex richtete die Rückseite des Bootes auf die Schildkröte aus und John und Shar traten auf das Deck. John zog sein T-Shirt aus und entblößte seine muskulöse Brust – die Rettungsmitarbeiter hielten sich offensichtlich gut in Form.

Er grinste, als er sein Shirt wegwarf. „Einer muss immer reingehen", stichelte er.

„Und ihm gefällt es", sagte Shar. „Er kann seine Muskeln spielen lassen und eine Meeresschildkröte retten. Nur keine Avancen in Richtung Kelsey, John. Max könnte dir wehtun."

John schaute überrascht. „Wirklich, du und Max?"

Kelsey sah von Shars spitzbübisch funkelnden Augen zu Johns spekulativem Blick. „Er ist ein guter Freund." Sie weigerte sich, es weiter auszuführen.

Shar grinste. „Okay, lasst es uns angehen", sagte sie plötzlich sehr ernst und konzentrierte sich wieder auf die Rettung.

Alex brachte die große Wanne mit den niedrigen Seitenwänden und befestigte sie an der mechanischen,

L-förmigen Kranvorrichtung aus Metall im hinteren Teil des Bootes. Er schwang sie nach draußen und ließ sie ins Wasser. John glitt ins Wasser und Shar ging näher an die Reling. Sie ging zu Kelsey und trat auf das Deck.

Kelsey tat dasselbe, als hätte man sie darum gebeten und sie beobachteten, wie sich John vorsichtig hinter die riesige Schildkröte bewegte und sie behutsam in Richtung des Bottichs schob, den Alex und Shar aus zwei unterschiedlichen Winkeln festhielten.

„Sei du einfach bereit, mit anzupacken, wenn möglich, damit wir sie in die Wanne ziehen können“, erklärte Shar.

Sobald die Schildkröte auf die Öffnung des Bottichs traf, sah sie, wie sich Alex Armmuskeln anspannten, während er das hintere Ende stabil hielt und Shar dabei half, die Schildkröte hineinzuziehen. Kelsey streckte ihre Hände aus und griff nach dem glitschigen Rand des Panzers und zog. Gemeinsam bekamen sie die riesige Schildkröte in die Wanne. Dann drückte Alex den Knopf und sie halfen, den

Bottich auf das Boot zu lenken und stellten ihn auf den Boden. John war im Bruchteil einer Sekunde wieder an Deck und sie waren alle drin. Alex und John machten sich an der Wunde zu schaffen.

„Haibiss", beobachtete Shar.

„Sie ist alt. Ich denke, er hatte Schwierigkeiten und schwamm einige Tage mit der Strömung", sagte Alex. „Lasst ihn uns ins Krankenhaus bringen."

Kelsey setzte sich wieder hin, um aus dem Weg zu gehen. Es war offensichtlich, dass sie sie gerade nicht brauchten. Innerhalb von Sekunden beschleunigten sie und fuhren zurück über das Wasser.

Kelsey war von dem gesamten Prozess fasziniert. Nachdem sie die Küste erreicht hatten, luden sie die Schildkröte hinten auf ein Quad. Sobald sie das Krankenhaus erreichten, legten sie sie auf eine Trage und brachten sie in den OP-Saal.

Shar umarmte sie. „Das hast du toll gemacht. Fühlst du dich nicht großartig in dem Wissen, bei der Rettung einer Schildkröte geholfen zu haben?"

Das tat Kelsey. Sie war bei der Rettung einer beinahe vom Aussterben bedrohten Meeresschildkröte dabei gewesen. „Tue ich. Ich verstehe total, warum du das liebst.“

Shar sah zufrieden aus. „Ich liebe es. Ich bin besessen davon. Glücklicherweise versteht Gage das. Er ist so eine große Hilfe für das Projekt gewesen, indem er mir half, die Stiftung zu gründen. Sie ermöglicht mir, noch mehr zu helfen.“

„Halt mich auf dem Laufenden, wie es ihm geht. Ich werde wiederkommen, um nach ihm zu sehen.“

„Wie wirst du ihn nennen? Der Retter darf ihm einen Namen geben.“

„Oh, ich?“

Shar nickte. „Ja, du.“

Gedanken rollten durch Kelseys Kopf. Sie dachte an Max und wünschte, er wäre hier gewesen, um es zu sehen. Sie fragte sie, ob er bei irgendwelchen Rettungen dabei gewesen war. Sie schob die Gedanken an ihn beiseite und konzentrierte sich. „Wie wäre es mit Wilbur? In *Charlotte's Web* überlebt Wilbur das Schwein wegen der Hilfe seiner Freunde.“

Shar kicherte. „Denkst du an Max?“

Kelseys Wangen wurden heiß. „Vielleicht.“

„Hey, mir gefällt es. Mein Bruder braucht jemanden. Wo wir gerade von Charlotte und Wilbur reden: Ich habe ihn darauf hingewiesen, dass er den falschen Namen für das Schwein gewählt hat, als er es Charlotte und nicht Wilbur nannte."

Kelsey lächelte. „Charlotte passt zu seinem Schwein. Sie macht sich Sorgen um ihn wie sich Charlotte in dem Buch Sorgen um Wilbur macht, also passt es."

„Ja, das Schwein liebt meinen Bruder und das ist Teil des Problems… Max braucht eine Frau, die ihn liebt."

Das ging Kelsey durch den Kopf, während sie von dem Krankenhaus wegfuhr. *Max brauchte jemanden, der ihn liebte…*

Ihr Herz zog sich bei dem Gedanken fest zusammen. Sie war auf neuem, unbekanntem Gebiet.

KAPITEL ACHT

Nachdem er Levis und Ryans Büro verlassen hatte, fuhr er zu Trent. Trent war ebenfalls beim Militär gewesen und war nicht wieder verpflichtet worden. Trent sprach nicht über sein Soldatenleben. Trent baute Dinge. *Was hatte es mit ihnen und damit, Sachen mit ihren Händen zu machen, auf sich?* Trent baute Häuser und ihm gefiel es, etwas umzugestalten, etwas Altes zu nehmen und daraus etwas Neues zu machen. Er hatte auch kürzlich damit begonnen, extravagante Baumhäuser zu bauen. Max fand, dass Trent ein großartiger Kandidat für eine DIY-Show, wie es sie im Fernsehen gab, wäre. Das Problem war, dass Trent nicht besonders redselig war, er war der Stillste von allen, sogar noch stiller als Max. Und Teile der Schweigsamkeit waren gekommen, nachdem er aus dem Militär ausgeschieden war. Ihre Schwestern hatten das Resort renoviert und Trent gefragt, ob er die Arbeit übernehme würde. Aber Trent hatte abgelehnt, hatte ihnen gesagt, dass, falls sie es jemanden für einen anständigen Preis machen lassen konnte, sie lieber das tun sollten. Trent mochte es nicht, riesige Jobs anzunehmen und die Renovierung des Resorts war ein großer Auftrag gewesen. Die Renovierungsarbeiten dauerten noch an. Alle hatten Trents Entscheidung, den Auftrag abzulehnen, respektiert... niemand hatte ihn gedrängt.

Er lebte mehr im Inland, nicht am Strand, aber von seinem Hügel aus hatte er einen Ausblick und war glücklich dort, wo er war. Er fand, er könnte zum Strand, wann immer er wollte, aber ihm gefiel die Gegend, wo er lebte. Ihm gefiel es, zwischen Bäumen zu leben.

Das Coole an der Gegend, wo Trent lebte, war,

dass es in der Nähe einen Wasserfall gab. Also anstelle des Geräuschs der Brandung hatte er den friedlichen, ruhigen Klang eines sprudelnden Flusslaufs in seinem Garten.

Max fand ihn dort, während er an seinem Motorrad arbeitete. „Hey", sagte er, als er auf ihn zuging.

„Hast du dich schwer verletzt?"

„Schwer?" Max musterte ihn. „Du wusstest es?"

Trent zog eine Schraube am Motor fest und warf ihm einen Seitenblick zu. „Ja, ich wusste es. Aber ich dachte, wenn du etwas hättest sagen wollen, hättest du es getan. Ich wusste, dass du verletzt warst und ich habe die Schwellung an deinem Knie gesehen – deine Jeans waren dort zu eng. Ich dachte, du würdest etwas sagen, wann immer du bereit dazu bist. Aber du hast es nie getan. Es ist deine Sache."

„Ja, meine Sache. Ich wurde gestern entlassen."

Trent hörte auf, zu arbeiten. „Tut mir leid, man. Ich weiß, dass das hart für dich ist."

Er zuckte mit den Schultern. „Ja, ich komm klar. Ich drehe meine Runde, um jedem davon zu erzählen."

„Mom wird traurig für dich sein, aber überglücklich. Sie wird es nicht verbergen können. Noch werden es die Schwestern.“

„Das habe ich mir gedacht.“

„Jetzt können sie aufhören, sich Sorgen zu machen. Nie etwas wissen. Das ist schwer für Frauen. Aber sie haben dich nie davon abgehalten, weil sie dich lieben.“

„Du klingst als hättest du Erfahrung damit.“

„Ein wenig, aber das ist auch verständlich. Während ich dabei war, wurde ich jemand, der sich Sorgen machte. Musste es aus der anderen Perspektive erleben. Meine Freundin ging in einen anderen Einsatz als ich. Ich… habe die Sorgen, die Angst erlebt.“

Max wusste nicht, was er dazu sagen sollte. Trent hatte zuvor nie so viel über seine Zeit beim Militär gesprochen.

„Ich habe auch erlebt, wie es sich anfühlt, jemanden zu verlieren.“

Max starrte ihn an. „Oh, man, es tut mir leid.“ Jetzt wusste er also, warum sein Bruder nicht darüber sprach. Er hatte nicht darüber reden wollen.

„Ja, also gib deiner Mom und den Mädels eine Pause, wenn sie ihre wahren Emotionen zeigen. Sie versuchen, es zu verbergen, aber du wirst es spüren."

„Geht es dir gut?"

Trent nickte. „Ich habe gelernt, damit zu leben."

„Es tut mir leid, dass du das allein hast durchmachen müssen."

„Jake hat es immer gewusst. Als ich erstmals zurückkam, war ich in schlechter Verfassung und er fand mich eines Abends. Ich hatte etwas mehr getrunken, als ich hätte trinken sollen und erbrach mich vor ihm. Daher wusste er es, aber behielt es für sich."

„Nun, ich bin froh, dass du jemanden hattest. Es hilft, jemanden zum Reden zu haben."

Das hatte er gelernt. Kelsey hatte ihm geholfen. „Ich werde mich also daran gewöhnen. Ich werde herausfinden müssen, was ich tun will."

Trent grinste ihn an. „Na ja, du weißt, dass Jake immer nach einem Tauchlehrer sucht. Taucher scheinen mehr herumzufahren als Surfer. Wenn du das machen willst."

„Ich übernehme vielleicht ein paar, um ihm auszuhelfen. Ich werde es nicht in Vollzeit machen. Ich liebe es nicht so sehr wie Jake. Vielleicht gehe ich auch in die Wirtschaft. Ich dachte an ein Sicherheitsunternehmen. Ich habe mit vielen Gedanken gespielt. Ich könnte auch Möbel bauen."

„Lass dir Zeit – du wirst es herausfinden."

„Wirst du dieses Ding jemals wieder in Schuss bringen können?"

Er lachte. „Ein Mann braucht ein Hobby, weißt du. Sie ist fast fertig. Sie ist eine Schönheit, nicht wahr?"

„Klassisch." Es war eine 1937 Knucklehead, eine der standardsetzenden Maschinen damals, als sie entwickelt wurde und sehr begehrt. Trent hatte sie vor ein paar Jahren von einer Dame gekauft, die sie in ihrer Scheune gefunden hatte. Seitdem arbeitete er an ihr.

„Ich würde dich ja fragen, ob du surfen gehen willst, aber das wäre grausam."

Max schüttelte seinen Kopf. „Triff mich dort, wo es wehtut, Mann. Hab etwas Mitleid mit mir."

Trent lachte. „Mann, du bist ein Marinesoldat.

Einmal Marine, immer Marine. Wir geben nicht auf. Wir hören nicht auf. Wir machen weiter. Wir nehmen, wie es kommt und gehen damit um. Das wirst du tun. Und du wirst glücklich sein. Es ist nicht gut, wenn ein Mann es nicht akzeptiert. Das ist überhaupt nicht gut. Ich sehe Anspannung in deinen Augen und ich habe das Gefühl, dass du zurzeit eine Menge Schmerzen hast. Lass die OP machen und schließe damit ab. Mach weiter, sei glücklich. Gründe eine Familie. Hast du darüber nachgedacht?"

„Hey, wo ist deine Familie?"

Trent zuckte mit den Schultern. „Ich hätte nichts dagegen, aber dafür braucht es zwei. Die Richtige habe ich bisher nicht gefunden. Wie ich das sehe, hast du nicht einmal nach ihr gesucht."

„Ja, ehrlich gesagt, habe ich darüber nachgedacht. Habe vor diesem Einsatz angefangen, darüber nachzudenken. Ich werde mich anpassen – es braucht vielleicht nur etwas Zeit. Vielleicht werde ich mich etwas öffnen müssen." Max dachte darüber nach. Er hatte viel nachgedacht und hatte nie darüber geredet, was er so lange geheim gehalten hatte, dass er dazu neigte, alles geheim zu halten und Trent wusste das. Er hatte seine Türen, sein Herz verschlossen… Vielleicht war es an der Zeit, sich etwas zu öffnen.

Trent sah ihn verständnisvoll an. „Du wirst klarkommen, man. Also, wann ist die OP?"

„Nächste Woche. Dann Reha. Ich habe Lust, mich wieder ordentlich bewegen zu können, aber zunächst werde ich das überstehen müssen."

„Na ja, du weißt, dass Mom und die Schwestern dich wahrscheinlich mit Aufläufen töten und nach dir sehen werden."

Wenn es eine Sache gab, die Max wusste, dann dass es nicht zu wenig Familienmitglieder geben würde, die versuchen würden, sich um ihn zu kümmern. „Ja, du wirst womöglich vorbeikommen müssen, um das ein oder anderen Essen mit mir zu teilen."

„Falls sie Lasagne bringen, komme ich vorbei, sie zu holen."

„Ha! Falls sie Lasagne bringen, werde ich sie teilen, aber du wirst sie nicht gänzlich bekommen. So außer Gefecht gesetzt werde ich nicht sein." Darüber kicherten sie beide.

Er hoffte, dass es so einfach wäre, wie Trent das Anpassen und Weitermachen klingen ließ. Die Zeit würde es zeigen. Und ein paar Minuten später, als er ging, kehrten seine Gedanken zurück zu Kelsey.

Kelsey war überrascht, als Max ein paar Tage später auftauchte.

Sie kam gerade aus einer der Scheunen, als er auf den Hof fuhr. Ihr Herz machte, was es wollte und sie sagte ihm, dass es aufhören sollte, aber sie erinnerte sich daran, dass Max nicht länger beim Militär war. Ihre Ausrede, warum sie mit ihm nichts anfangen konnte, war nicht länger gültig.

Sie ging mit großen Schritten auf ihn zu, wobei ihre Stiefel auf dem Kies knirschten, doch sie hörte es fast nicht, so laut klopfte ihr Herz.

„Hallo.“ Sie beobachtete, wie er sich aus dem Truck gleiten ließ. Er griff hinein und zog einen Stock heraus. Dann nutze er, während er mit dem Rücken gegen den Truck lehnte, den Stock, um allen Druck von seinem Knie zu nehmen. Sie konnte sich nur vorstellen, wie sehr sein Knie wehtat. Der Mann war sturer als ein Maultier. „Hast du morgen nicht die OP?"

„Ja, ich fahre früh los. Ich werde über Nacht dort bleiben. Dann werde ich es eine Weile langsam angehen müssen."

„Aber dann wirst du auf dem Weg der Besserung sein. Ich weiß, du bist ganz Macho und du bist darauf trainiert, hart zu sein, aber Max, ich sehe, dass du Schmerzen hast. Warum fährst du? Warum bist du hier, wenn du offensichtlich Schmerzen hast?"

„Du bist die aufmerksamste Person überhaupt. So offensichtlich ist es nicht."

„Ha, falsch. Streite es nicht ab."

Er warf ihr einen reumütigen Blick zu. „Okay, ja, es wird schlimmer. Ich musste für die Nacht sogar ein paar Schmerztabletten nehmen. Aber ich werde mich nicht davon beherrschen lassen. Ich bin vorbeigekommen, um dich zu fragen, ob du es vielleicht in Betracht ziehst, heute Abend mit mir essen zu gehen."

„Essen? Du machst Witze, richtig?"

„Nein. Ich will dich zum Essen einladen.“

„Du hast Schmerzen –“

„Die Tatsache haben wir bereits etabliert. Also lass uns fortfahren… wirst du mit mir zu Abend essen?“

Sie hätte beinahe gekichert, so entrüstet war er über ihre Sorge um ihn. „Ich glaube wirklich nicht, dass das eine gute Idee ist.“

„Du bist die sturste Frau –“

„Ich? Du bist derjenige mit den Schmerzen.“

„Und ich hätte gern etwas, um meine Gedanken davon abzulenken. Ein Abendessen mit dir ist genau das, was ich brauche.“

Sie seufzte. Sie sollte ihn abweisen – sie sollte. Aber warum?

Weil mich meine Gefühle für ihn erschrecken.

Die Stimme in ihrem Kopf hatte Recht. Sie hatte dagegen angekämpft und angekämpft, aber sie wusste, dass die Verbindung, die sie mit Max hatte, stärker war, als alles, was sie bisher für irgendwen empfunden hatte. Und jetzt, da die Barriere, die zwischen ihnen stand, weg war, gab es keinen Grund für sie, sich dieser Angst nicht zu stellen. *Oder doch?*

Sie könnte mit ihm ausgehen und Spaß haben, wenn er mit ihr ausgehen konnte, während er Schmerzen hatte.

Er schielte zu ihr hinüber. „Du musstest so angestrengt darüber nachdenken? Ich bin nicht länger beim Militär.“

Sie schluckte den Kloß der Beklommenheit, der ihr im Hals hing, hinunter und atmete dann langsam und gleichmäßig aus. „Ich... musste darüber nachdenken, weil du und ich wissen, dass da zwischen uns etwas ist.“

Seine Lippe zuckte langsam zu einer Seite. „Das weiß ich seit einer Weile. Seitdem wir neulich darüber geredet haben, denke ich darüber nach. Das einzig Positive daran, dass meine Militärkarriere vorbei ist, ist, dass nichts mehr zwischen uns steht.“

Ihr Magen verkrampfte sich. *Ach du liebe Güte, sie steckte in Schwierigkeiten.* „Darüber habe ich nachgedacht“

„Ich denke an nichts anderes.“

Ihr Herz zog sich zusammen. „Alsooo, ich schätze, wenn ich heute Abend nicht das Haus sauber machen muss, könnte ich ja sagen.“

Seine Brauen kräuselten sich. „Hä? Du wirst dich nicht fürs Putzen entscheiden –“

Sie lachte. „Ich necke dich. Ich werde mitkommen, sofern es nirgendwo ist, wo du dich zu sehr anstrengen musst, um hin zu kommen. Und dich dann nicht viel wirst bewegen müssen.“

„Du meinst so etwas wie einen Drive-In?“

„Klar, perfekt.“

Er runzelte die Stirn. „Während ich selbst einen guten Hamburger mag, ist das nicht gerade das, woran ich gedacht hatte. Auch wenn es eine Herausforderung wäre, mich ordentlich anzuziehen… deswegen trage ich heute Shorts.“

„Vielleicht sollten wir das vergessen und du kommst einfach herein und legst etwas Eis drauf.“

„Auch wenn nichts aufregender klingt, als dass du einen Eisbeutel auf mein Knie legst, lehne ich, denke ich, ab. Ich will dich wenigstens in ein Restaurant einladen. Wir könnte nochmal zu Paradise Grill gehen. Es ist ein kleiner Parkplatz und leichter Zugang.“

Sie war gerührt, wie sehr er mit ihr ausgehen wollte. Er musste Schmerzen haben. „Das klingt nach dem perfekten Plan. Und es hat eine tolle

Atmosphäre." Und es war der Ort, an dem sie ihn das erste Mal erblickt hatte.

Er schaute auf seine Uhr. „Kannst du jetzt weg?"

„Jetzt?"

Er nickte. „Dränge ich zu sehr?"

Seine Lippen zuckten. „Total. Aber es ist okay. Ich kann los, wenn du mir ein paar Minuten gibst, um mir den Pferdegeruch abzuwaschen. Du wirst mir dankbar sein, genauso wie die anderen Restaurantgäste."

„Klingt gut. Ich werde mich auf der Couch entspannen."

Sie brauchte nicht lange. Sie beeilte sich so schnell sie konnte, in dem Wissen, dass die Geschwindigkeit ihr helfen würde, keinen Rückzieher zu machen. Womöglich war das seine ganze Überlegung dahinter, sie zu dem Date anzutreiben.

Was eigentlich ein schönes Gefühl war. Er wollte wirklich Zeit mit ihr verbringen.

Sie kamen beim Paradise Grill an und Bert führte sie raus auf die hintere Terrasse an einen Tisch nahe dem

Eingang, wodurch Max nicht weiter gehen musste als unbedingt notwendig.

Kelsey hatte versucht, ihn dazu zu bringen, drin zu bleiben, weil der Weg kürzer war, aber er hatte darauf bestanden, dass der Abend zu schön war, um ihn drinnen zu verbringen. Ihm war es egal, ob sein Bein abfiel; er würde ein romantisches Abendessen unter den Sternen mit dieser Frau verbringen. Sie machte das beinahe unmöglich. Sie bestand darauf, dass sie so nahe wie möglich bei der Tür blieben, falls sie dem längeren Weg zustimmte und er hatte schließlich nachgegeben. Bert, der Inhaber und ein Freund, versuchte nicht einmal, sein Grinsen zu verbergen, während er sie leise miteinander diskutieren sah. Und er kicherte, als Max schließlich nachgab.

„Also der Tisch nahe der Tür." Max lachte am Ende. „Was auch immer nötig ist, um die Frau auf die Terrasse zu bekommen, ist für mich okay."

„Ich habe mich gefragt, wann du endlich weise wirst, Kumpel. Sie ist taffer als jede Football-Aufstellung, der du und ich uns im Team für gewöhnlich gegenüber sahen."

Er kicherte. Er und Bert hatten zusammen mit den

meisten seiner Brüder im Highschool-Team gespielt. Bert hatte danach im College weitergespielt und auch wenn Max ein Angebot bekommen hatte, hatte er es abgelehnt und war zur Marine gegangen.

„Damit hast du Recht."

Kelsey hob eine Augenbraue und lächelte. „Ich halte mich nur an unsere Abmachung, die wir getroffen haben, bevor ich dem Date zustimmte."

„Es ist wahr", erklärte er Bert, der lachte.

„Habt ihr zwei einen schönen Abend. Versucht euch während des Entspannens nicht zu streiten. Die Kellnerin wird bald hier sein. Falls er dir irgendwelchen Ärger macht, ruf nach mir." Er zwinkerte Kelsey zu.

Max grinste und rieb sich sein Knie. „Er ist ein guter Kerl."

„Ich mag ihn und mir gefällt das Restaurant. Es ist perfekt."

„Ich finde, mein Date ist perfekt."

Sie traf seinen Blick fast mit ungläubigen Augen.

„Warum guckst du so?"

„Das habe ich nicht erwartet."

„Ein Kompliment? Ich weiß nicht, warum nicht.

Ich finde alles an dir besonders. Und ich mache keine Witze."

Sie ließ ihre langen Finger mit der Kante des Menüs spielen, das Bert vor jeden von ihnen abgelegt hatte, bevor er gegangen war.

„Stört dich das?"

„Nein, na ja." Ihr Blick wandte sich von seinem ab und kam dann zurück. „Ein wenig. Ich muss mich ehrlich gesagt an die Vorstellung gewöhnen, dass du nicht beim Militär bist. Ich hatte all den Widerstand und die Mauern hochgezogen und jetzt kann ich sie fallen lassen."

„Das hoffe ich", sagte er.

Der Sänger in der anderen Ecke der Terrasse begann, den Kenny Chesney Song „When the Sun Goes Down" zu singen. Sie waren beide einen Moment still, um zuzuhören.

„Er ist gut", sagte sie ein paar Augenblicke später.

Schließlich sah Kelsey so aus, als würde sie sich entspannen. Und ein Gefühl der Zufriedenheit legte sich wie der warme Schein der Sonne an einem kalten Tag über ihn, während er sie betrachtete.

„Du bist wunderschön, weißt du."

Sie hatte auf das dunkle Meer hinausgeblickt. „Danke."

„Ich dachte, wenn ich es erneut sage, wirst du dich daran gewöhnen, es zu hören und dich wohler damit fühlen."

Sie lächelte, als dachte sie, er wäre ein wenig verrückt. „Ich glaube, mir gefällt es, das von dir zu hören."

„Na jetzt verstehen wir uns. Weil es mir gefällt, es zu sagen. Und ich wehre mich dagegen, dass irgendein Idiot mir mein Recht streitig macht, meinem Date Komplimente zu machen."

„Oh, na das stimmt. Er war ein Idiot."

„Gibt es viele Männer in deinem Beruf, die sich dir gegenüber wie Idioten verhalten?"

Sie schüttelte ihren Kopf. „In jedem Beruf gibt es immer Idioten, aber die kann man eigentlich vermeiden. Außer du arbeitest für sie und lebst auf ihrem Grundstück. Was für ein Fehler. Ich hätte in dem Moment kündigen sollen, in dem ich realisierte, was für ein Idiot er war. Großer Fehler meinerseits. Leben und lernen."

„Ja, trauriger Weise – auch wenn du nicht hättest

lernen sollen müssen.“

„Aber ich kann deswegen nicht jeden vorab verurteilen. Sieh dir Cam an. Ich lebe auf seinem Grundstück und ich mache mir keine Sorgen, dass er sich an mich ranmachen wird. Einige Männer sind trotzdem Gentlemen und vertrauenswürdig.“

„Ja, Cam ist so in Lana verliebt, dass das auf gar keinen Fall passieren wird. Ich sage dir gleich ganz direkt, dass ich kein Idiot sein werde. Ich werde mein Bestes tun, um dich wie die Lady zu behandeln, die du bist.“

Die Kellnerin kam und nahm ihre Bestellungen auf und nachdem sie gegangen war, lehnte sich Kelsey nach vorn. „Okay, zurück zur Unterhaltung. Nun, während ich deine Ansicht darüber, mich wie eine Lady zu behandeln, zu schätzen weiß, werde ich darauf bestehen, dass du nicht versuchst, mir bei der Autotür zuvorzukommen, wenn wir gehen, wie du es letztens gemacht hast. Ich bin sehr gut in der Lage, meine Tür selbst zu öffnen und du bist gerade nicht in der Verfassung, das zu tun.“

„Hey, mein Knie tut mir so oder so weh.“

„Du bist ein dickköpfiger Mann.“

„Ja, bin ich. Und ich warne dich, ich mag es nicht, mich zu verändern.“

Sie hielt seinem Blick stand. „Das gilt auch für mich.“

Sie musterten einander, während sich langsam ein Lächeln auf ihren Gesichtern ausbreitete.

„Ich habe das Gefühl, dass unsere Beziehung nicht langweilig werden wird“, sagte er und wurde mit einem weiteren, glucksenden Lachen von ihr belohnt. Er könnte süchtig nach ihrem Lachen werden – der Klang gab ihm das Gefühl, dass alles in der Welt in Ordnung war… oder in Ordnung sein könnte. Es machte ihn einfach glücklich.

KAPITEL NEUN

Sie unterhielten sich während des gesamten Abendessens, außer wenn die Musik so gut war, dass sie einfach innehalten und zuhören mussten. In diesen Momenten ertappte sie ihn dabei, wie er sie ansah und dann lächelte er und schaute zurück zur Band. Aber diese Momente brachten ihr Herz zum Fliegen.

Als sie mit dem Essen fertig waren, spürte sie dennoch, dass sein Knie schlimmer wehtat. Sie hatte gelernt, das am Ausdruck in seinen Augen abzulesen, sie trübten sich und die Falte zwischen seinen

Augenbrauen wurde tiefer.

„Willst du ein Stück von Berts berühmten Hula-Kuchen? Oder ein Stück Limettenkuchen?"

„Nein. Danke für das Angebot, aber ich glaube, es ist Zeit, dich nach Hause zu bringen, damit du dein Knie hochlegen kannst."

„Für mich wäre es okay, wenn du Kuchen willst."

„Will ich nicht, aber bestell dir welchen, wenn du magst."

„Ich habe eine Vorliebe für Süßes, aber die Wahrheit ist, dass ich den Kuchen als Ausrede verwendet habe, um meine Zeit mit dir auszudehnen."

„Aber du hast Schmerzen."

„Und, was ist die Neuigkeit?"

„Okay." Sie hob kapitulierend ihre Hand. „Ich habe Kuchen und Kaffee zuhause. Und einen Eisbeutel. Wir gehen zurück zu mir und ich werde dir Kuchen servieren, *während* wir das Knie kühlen."

„Ich hätte nicht gedacht, dass ich das jemals sagen würde, bevor ich ein achtzigjähriger Mann bin, aber das ist eine wirklich verlockende Idee. Gefällt mir. Gefällt mir sehr."

Sie lachte. „Dann lass uns hier abdüsen."

Einige Minuten später bog Kelsey auf den Hof. Sie schaute ihn skeptisch an. „Bist du sicher, dass du aussteigen willst?"

Er öffnete seine Tür. „Hey, mir wurden Kuchen und ein Kühlakku versprochen und nach Mitternacht esse ich nicht, daher habe ich dem definitiv zugestimmt. Ich steige aus und nehme dein Angebot an."

„Dann lass uns auf jeden Fall dein Knie kühlen", sagte sie, wobei ihre hübschen Augen ihm deutlich zu verstehen gaben, dass sie nicht sicher war, wie sie mit ihm umgehen sollte.

Als sie es hinein geschafft hatten, ging er sofort auf die Couch zu. „Traurigerweise hat mich das Kühlakku mehr angesprochen als der Gedanke an Kuchen."

„Warte kurz, Surferboy – ein Kühlbeutel ist auf dem Weg." Sie ging in ihre Küche und ihr Hüftschwung im Rhythmus mit Schwingen ihrer schönen Haare lenkte ihn von seinen Schmerzen ab.

Er hatte, wie er befand, den besten Platz der Welt. „Warum hast du mich Surferboy genannt?"

Sie lachte, als sie den Gefrierschrank öffnete und innehielt, um in seine Richtung zu schauen. Selbst aus der Entfernung sah er ihre Augen funkeln.

„Bei dir zuhause hast du zwei Surfbretter. Und du bist kein Surfer?"

Er verstand es. „Bin ich oder zumindest war ich das für gewöhnlich. Meine Verletzung könnte auch dem ein Ende setzen, aber es wird mich nicht umbringen, wenn ich nicht zurück aufs Board darf. Jetzt bekommen wir allerdings womöglich ein Problem, wenn ich nicht bald den Kuchen und den Kaffee bekomme, den du angekündigt hast."

„Dann wird alles gut werden, denn es wird nicht länger als ein paar Minuten dauern, sobald ich dir das hier gegeben habe." Sie brachte ihm zwei Kühlakkus und lehnte sich hinüber, um eines behutsam unter sein Knie und eines darauf zu legen. Alles, was er tun konnte, war, mit seinen Finger nicht durch die dicke Mähne zu fahren, die wie ein Vorhang zwischen sie und ihn gefallen war. Als sie fertig war, schob sie das Haar beiseite und lächelte.

„Besser?", fragte sie so nahe, dass er nur daran denken konnte, sie zu küssen.

„Besser", murmelte er, wobei er diese Frau, die all seine Aufmerksamkeit fesselte, so sehr küssen wollte.

„Dann bin ich gleich zurück."

Er schaute ihr erneut nach und hatte keine Ahnung, was sie mit ihm machte. Er lehnte seinen Kopf zurück auf die Couch und ließ die Erleichterung des kalten Eises Wunder dabei wirken, seinen Schmerz zu lindern, während er ihr zuhörte, wie sie sich in der Küche bewegte. Es war beruhigend… was ein merkwürdiger Gedanke für ihn war – und dennoch realisierte er, dass es so gut dazu passte, wie er für Kelsey empfand, wie die Tatsache, dass sie ihn wahnsinnig damit machte, dass er mehr von ihrer Beziehung wollte. Viel mehr.

„Bitteschön", sagte sie einige Augenblicke später.

Er öffnete seine Augen und war überrascht, dass sie so schnell zurück war. Sie hielt ein Tablett mit zwei Tellern Apfelkuchen. Der Geruch sagte ihm, dass er warm war und bei dem süßen Duft lief ihm sofort das Wasser im Mund zusammen.

„Hast du den gemacht?" Er nahm einen Teller von ihr entgegen.

Sie rollte mit ihren hübschen Augen. „Auch wenn ich versucht bin, ja zu sagen, kann ich dir keine Lüge auftischen – ich habe ihn gekauft. Gestern vor dem Supermarkt war ein bezauberndes kleines Mädchen, das beim Verkauf von Backwaren half und ich konnte sie nicht zurückweisen."

„Das war nett von dir und macht den hier umso süßer." Er tauchte seine Gabel in die goldene Kruste und nahm einen Happen. Er war köstlich. „Da weiß jemand, wie man einen Kuchen bäckt."

Sie machte eine Pause, indem sie ihren Teller auf den Couchtisch stellte. „Ich dachte mir, dass du ihn magst. Ich bin gleich mit dem Kaffee zurück. Wie trinkst du deinen?"

„Schwarz."

Sie nahm die Tasse und gab sie ihm. Dann setzte sie sich auf den Sessel gegenüber der Couch. Er wollte sie neben sich auf dem Sofa haben, aber sein gekühltes

Knie ließ keinen Platz.

„Ich bin bereit, die OP hinter mich zu bringen, damit das Knie besser wird. Wenn ich das nächste Mal herkomme, um auf deiner Couch zu sitzen, hoffe ich, dass du neben mir sitzt, anstatt ganz da drüben."

Sie lächelte. „Das kriegen wir hin."

Sein Leben hatte sich drastisch verändert, aber in diesem Moment, in dem er ihr hübsches Lächeln und das Versprechen in ihren Augen sah, fühlte sich Max zufriedener als seit Wochen.

KAPITEL ZEHN

Als Max sich bereit machte, um zu gehen, brachte ihn Kelsey hinaus zu seinem Truck. Sie hatte einen wundervollen Abend gehabt. Sie hatten nicht Händchen gehalten. Sie hatten sich nicht geküsst… aber sie wollte ihn küssen. Sie hatten nicht einmal gemeinsam auf der Couch gesessen, aber sie fühlte sich Max so nahe. Als sie seinen Truck erreichten, legte er seinen Stock in den Truck und drehte sich dann zu ihr.

Seine Miene war so ernst und sie glaubte, dass er all die Dinge fühlte, die sie fühlte. Vorfreude rannte durch sie hindurch, ihr Herzschlag beschleunigte sich, ihr Puls raste und als er einen Arm zärtlich um ihre Taille legte und dann ganz sachte zog, womit er ihr die Möglichkeit gab, zu ihm oder von ihm weg zu gehen, trat sie bereitwillig auf ihn zu. Seine Hände glitten um sie herum und zogen sie nahe zu ihm heran. Mit seinem Rücken lehnte er gegen den Truck, was den Druck auf seinem Knie verminderte und dann umschloss er ihr Gesicht mit einer Hand, während sein Blick ihren suchte.

Sie wusste, dass er ihr die Möglichkeit gab, sich aus seiner Umarmung zu lösen und von ihm wegzugehen, falls sie wollte. Aber in diesem Moment war sie genau dort, wo sie sein wollte.

Vorfreude auf seinen Kuss erfüllte sie und auf gar keinen Fall würde sie von ihm zurücktreten. Sie hatte nicht vor, ihm zu widerstehen. Als sie in seine Augen sah, lehnte er sich nach vorn und küsste sie.

Die Hand, die an ihrem Gesicht lag, fuhr in ihre Haare, während er den Kuss vertiefte.

Das war ein Moment, der für alle Ewigkeit so bestehen würde. Es war als würde ihr Herz seines treffen. Und sie verstand, dass dieser Kuss alles geändert hätte, wenn er sie geküsst hätte, bevor sie wusste, dass er nicht mehr beim Militär war. Dieser Kuss, die Emotionen, die er in ihr hervorholte, hätten ihr den Konflikt ihres Lebens beschert, denn diese Tiefe an Emotionen hatte sie nie zuvor empfunden. Militär oder nicht, sie wäre nicht in der Lage gewesen, ihn loszulassen. Ihre Knie wurden weich und wie von selbst wanderten ihre Arme um seine Schultern, während der Kuss intensiver wurde.

Hatte ihre Mutter so für ihren Dad empfunden? Empfanden so all diese anderen Ehefrauen von Männern im Militär für ihre Ehemänner? Das war eine Emotion, die so unaufhaltsam war wie seine Liebe und sein Verlangen, seinem Land zu dienen.

Plötzlich spürte sie eine leichte Nässe auf ihren Wangen.

Sie schluckte schwer und hob ihren Kopf. Seine Finger wanderten sofort zu ihren Wangen und sein Daumen wischte ihre Tränen weg.

„Kelsey? Warum – warum weinst du?"

„Ich wusste es nicht." Ihre Stimme bebte. „Ich

verstand es nicht."

Er zog seine Augenbrauen zusammen und sein Blick suchte tiefer. „Was wusstest du nicht, Schatz? Ich wollte dich nicht zum Weinen bringen."

„Ich… Max. Unsere Beziehung entwickelt sich ziemlich schnell. Ich meine… Ich – Ich habe Sorge, dass ich mehr fühle als ich fühlen sollte. Ich habe Sorge, dass ich mehr fühle als möglich ist. Aber es tut mir leid." Ihr Atem stockte. „Meine Mom – selbst nach dem Tod meines Vaters – meine Mom und ich wir haben so viele Jahre gehadert. Weil ich so verbittert, so verbittert darüber war, was das Land mir genommen hatte… es hatte mir meinen Dad genommen, sogar noch bevor er bei einem Einsatz getötet wurde. Und ich war wütend auf meine Mom, weil meine Mom zu ihm gehalten hat. Sie hat zu ihm gehalten, obwohl er sein Land über uns gestellt hatte. Sie unterstützte die Entscheidung meines Vaters; sie unterstützte das Risiko, das er einging. Sie nahm ihren Verlust von ihm mit – wie ich dachte – zu viel Akzeptanz hin. Ich verstand es nicht… bis jetzt."

Max zog ihren Kopf an seine Brust. Seine Arme

legten sich fest um sie.

„Ich verstand nicht, dass sie ihn genug liebte. Als den Mann liebte, der er war und für die Verpflichtung, die er eingegangen war. So war er gebaut. Sie hat mir das so oft auf so viele Arten erklärt und ich habe es nicht verstanden." Sie schaute zu ihm auf. „Jetzt tue ich es. Ich hoffe, das waren nicht zu viele Informationen."

Ein zärtliches Lächeln formte sich in den Winkeln seiner Lippen. „Kelsey, das ist das Schönste, was jemals jemand zu mir gesagt hat. Und ich kann verstehen, wie du dich fühlst. Danke, dass du mir das gesagt hast. Danke, dass du so empfindest. Ich erlebe selbst gerade ein unfassbares Gefühl. Gesegnet jenseits messbarer Grenzen, trotz der Umstände mit meiner Militärkarriere und diesem Knie. Dich in den Armen zu halten, ist mehr als ich glauben kann. Also nein, du empfindest nichts zu schnell. Ich bin genau dort mit dir." Er küsste ihre Lippen, dann ihre Schläfe und dann ihre Stirn und dann küsste er erneut ihre Lippen.

Er legte seine Wange gegen ihr Haar und stand einfach so da. „Levi bringt mich morgen früh hin und wenn alles gut geht, bin ich am nächsten Morgen wieder draußen. Also sehen wir uns, wenn ich wieder draußen bin und falls alles gut geht, kann ich in zwei Wochen aufstehen und anfangen, herumzulaufen. Ich werde nicht bei hundert Prozent sein, aber besser als jetzt. Wir hören uns –"

„Ich kann zur OP kommen", sagte sie in dem Wunsch, dort zu sein.

„Nein, ist okay. Levi wird mich bringen. Alles gut."

Sie war enttäuscht, dass er sie nicht dort haben wollte, aber sie drängte nicht. „Okay. Wir hören uns nach der Operation."

„Ich ruf dich an, wenn ich zuhause bin. Bleib wachsam und verschließ die Türen. Und falls dein Ex-Chef auftaucht, ruf den Notruf und dann kommt jemand hierher. Okay?"

„Ich komm klar", sagte sie.

„Ruf an, wenn du sie brauchst."

„Okay, werde ich."

„Geh nach drinnen und schließ die Tür zu. Ich warte, bis du drin bist."

Sie fand es nett von ihm, dass er sich Sorgen machte, aber sie betonte nicht, dass sie eine sehr lange Zeit auf sich selbst aufgepasst hatte. Stattdessen ging sie hinein und schloss ab und dann winkte sie vom Fenster aus. Erst dann stieg er in den Truck und fuhr weg.

Kelsey betete, dass morgen alles gut gehen würde. Und als sie sich fürs Bett fertigmachte, konnte sie die Emotionen, die sie empfand, noch immer nicht fassen.

Am nächsten Tag hörte sie nichts von Max. Sie erledigte ihre Arbeit und nach dem Mittagessen beschloss sie schließlich, jemanden anzurufen. Sowohl Lana als auch Jessica waren Lehrerinnen, daher konnte sie sie nicht stören und rief Shar an.

„Was ist los, Cowgirl? Nochmal Danke für deine Hilfe bei der Rettung der Schildkröte letztens."

Das brachte sie zum Grinsen. „Ich hatte jede Menge Spaß. Hey, ähm." Sie kam sich komisch vor, das zu fragen. „Ich weiß, dass Max heute Morgen seine Operation hatte. Hast du etwas gehört, wie es lief?"

Es gab eine Pause. „Darum geht es also", sagte Shar mit neckendem Unterton. „Es lief super. Er wird morgen früh entlassen. Der Arzt sagte, dass sein Knie wirklich kaputt war und er keine Ahnung hatte, wie er mit den Schmerzen klar gekommen ist, aber jetzt wird es besser werden. Verrückter Bruder, dass er vor uns verbirgt, dass er solche Schmerzen hatte. Männer! Ich sage dir, manchmal willst du sie einfach nur hauen. Ich habe Gage gesagt, dass er besser nie versuchen sollte, so etwas vor mir zu verbergen oder es gibt tüchtig Ärger."

Daraufhin lachte Kelsey. Shar und Gage waren wirklich süß zusammen. „Ich bin mir sicher, er könnte und wollte so etwas nicht vor dir verbergen. Max ist einfach nur sehr verschlossen."

„Ja, ist er, aber du wusstest es offensichtlich. Das ist ein gutes Zeichen. Aber fühl dich nicht schlecht, weil du nichts gehört hast. Auch wenn er heute Nachmittag wach war und geredet hat, oder so ähnlich meinte es Levi, hatte Max uns allen gesagt, dass er keinen Raum voller Familienmitglieder brauchte, die durchs Krankenhaus schwirren – es war bloß ein Knie.

Daher sind wir weggeblieben."

Damit fühlte sie sich besser.

„Also du und Max. Gefällt mir."

„Oh, na ja, tatsächlich haben wir nur geredet."

„Ich habe heute Morgen mit einer Freundin geredet, die meinte, sie hätte Max gestern Abend im Paradise Grill mit jemandem zu Abendessen gesehen. Das warst nicht zufällig du, oder?"

„Doch. Er wollte mit mir Essen gehen, bevor er die OP machen ließ."

„Wie ich sagte, gefällt mir. Mein Bruder – er ist sehr ruhig, niemand, der viel über sein Privatleben redet. Du weißt schon, mit wem er sich trifft und solche Sachen. Er hält sich dort draußen versteckt und arbeitet zwischen den Einsätzen an seinem Haus und manchmal müssen die Jungs einfach rausfahren und ihn rauszerren. Aber das ist Max. Wir waren wirklich überrascht und hoffnungsvoll, als er zustimmte, an der Valentinsauktion teilzunehmen. Jedenfalls wollte ich dich nur warnen, dass es nicht ganz leicht ist, ihn kennenzulernen. Er ist ganz der Macho, aber auch ein Schatz. Er will niemanden nerven, aber er ist über alle

Maßen hingebungsvoll und na ja, ein guter Kerl. Ich freue mich wirklich, dass ihr euch trefft und hoffe, dass daraus mehr wird."

Kelsey lächelte, aber wusste nicht, was sie sagen sollte. „Danke. Nun, ich bin froh, dass es ihm gut geht. Ich wollte nur sichergehen."

„Morgen wird er zuhause sein. Ich sage dir Bescheid, wenn es mehr gibt."

„Danke für die Neuigkeiten. Ich muss jetzt wieder zurück an die Arbeit."

„Okay, ich auch. Ich freue mich, dass du angerufen hast. Ich bin mir sicher, du wirst bald von ihm hören."

Kelsey war erleichtert, während sie das Telefonat beendete und ihr Telefon in die Tasche steckte. Shar hatte bekräftigt, was sie bereits wusste: Max hatte Mauern und Barrieren um sich herum errichtet, selbst vor seiner Familie. Das kam wahrscheinlich von der Tatsache, dass bei seinen Einsätzen so viel geheim gehalten wurde und er mit niemandem reden, nichts teilen konnte. Das war besorgniserregend. Aber dieser Teil seines Lebens war vorbei und jetzt hoffte sie, dass er diese Mauern herunterfahren konnte. Damit eine Beziehung funktionierte, würde er das tun müssen.

Ein Truck fuhr die Einfahrt entlang und sie konnte die Familie sehen, mit der sie einen Ausritt machen würde. Sie war dankbar, dass sie den Nachmittag über beschäftigt war. Sie winkte und ging in ihre Richtung und stellte die Gedanken an Max zurück… oder zumindest versuchte sie es. Ihr wurde schnell klar, dass sie Max nicht aus ihren Gedanken verbannen konnte.

Die Gedanken an ihn folgten ihr überall hin.

KAPITEL ELF

Max war froh, zuhause zu sein.

„Okay, also du kommst klar?", fragte Levi, nachdem sie Max' Haus betreten hatten. „Bist du dir sicher, dass du keine Hilfe brauchst?"

Max ging auf Krücken. Er schaute über seine Schulter zu seinem Bruder. „Ich komm klar."

„Du weißt, dass es in Ordnung ist, um Hilfe zu bitten."

„Klar, weiß ich, aber ich komme zurecht. Danke, dass du mich hin- und wieder zurückgebracht hast. Und für alles." Er schaute hinüber und sah Essen auf dem Tresen. Und er wusste, dass auch sein Kühlschrank voll sein würde. „Ich weiß, dass alle versuchen, sich um mich zu kümmern, aber ich komm klar. Ich kann mich bewegen. Ich muss nicht verhätschelt werden oder... ich brauch es einfach nicht."

Levi lächelte und schüttelte seinen Kopf. „Ja, Sir." Er schaute verständnisvoll, aber skeptisch. „Gibt es irgendetwas, das du mir erzählen möchtest? Triffst du dich mit jemandem?"

Max hüpfte herum, sodass er Levi direkt ansah. „Warum fragst du?"

„Jessica hat angerufen und mir erzählt, dass Shar angerufen und ihr erzählt hat, dass Kelsey angerufen und nach dir gefragt hat. Sie und deine Schwestern sind aufgeregt wegen der Vorstellung, dass ihr beide vielleicht ein Paar sein könntet."

Er hatte sich schuldig gefühlt, weil er Kelsey nicht angerufen hatte. Natürlich würde sie sich Sorgen machen. Die Tatsache, dass sie Shar angerufen hatte, um etwas herauszufinden, zeigte ihm, dass sie sich um ihn sorgte, aber er hatte sie hängen lassen. Er war zu gewöhnt daran, alles unter Verschluss und für sich zu behalten.

„Ja, ich bin am Abend vor der OP mit ihr ausgegangen. Na ja, so gut es ging, weil ich ziemliche Schmerzen hatte. Aber ja, wir haben geredet. Sie ist wirklich toll." Die letzten Worte sagte er nachdenklich.

Sein Bruder grinste. „Ich denke, das sind gute Neuigkeiten. Deine Schwestern sind deswegen jetzt wirklich enthusiastisch. Du wirst also womöglich ein wenig Ermutigung von der Seite bekommen. Ich warne dich nur vor."

Max kannte seine Schwestern. Sie mischten sich schon ihr ganzes Leben lang in die Angelegenheiten ihrer Brüder ein. Mit einer Handvoll romantischer Herzen aufzuwachsen, war etwas, was die Jungs ihr ganzes Leben lang erdulden mussten. Jetzt kamen auch noch Schwägerinnen hinzu.

„Ich denke, ich sollte Kelsey anrufen. Sie fragt sich wahrscheinlich, warum ich nicht angerufen habe."

„Du hättest sie gestern anrufen sollen. Nicht gut, sie so hängen zu lassen. Shar hatte Mitleid mit ihr, auch wenn sie meinte, dass Kelsey versucht hätte, sich wegen der ganzen Sache cool zu verhalten. Da war anfangs ein wenig Unbeholfenheit. Jessica meinte, Shar hätte es abgewiegelt."

„Danke für die Vorwarnung. Und danke, dass du Charlotte gefüttert hast – sie weiß das zu schätzen. Ich meld mich, wenn ich irgendetwas brauche."

„Solange du anrufst. Das ist alles, was wir wollen."

Nachdem Levi gegangen war, ließ sich Max auf der Couch nieder und legte sein Bein auf den Tisch neben der Flasche mit den Schmerzmitteln, die Levi in Reichweite gestellt hatte. Er hatte noch immer eine gute Dosis aus dem Krankenhaus in sich, als er sein Telefon in die Hand nahm. Er würde sie wahrscheinlich regelmäßig nehmen. Er zögerte, bevor er die Nummer wählte. Er war es gewohnt, sich um sich selbst zu kümmern, im Feld und zuhause. Er musste sich auf sich selbst verlassen. Diese Menschen in sein Leben hineinzulassen, würde etwas Neues werden.

Er wählte Kelseys Nummer. Sie verdiente einen Anruf von ihm. „Hey Kelsey", sagte er, sobald sie abnahm. „Ich bin es.“

Es gab eine lange Pause. „Hi. Ich schätze, du bist zuhause.“

Er hörte die Anspannung in ihrer Stimme. *Er hatte es vermasselt.* „Ja, Levi hat mich gerade abgesetzt. Jetzt bin ich auf der Couch, noch immer auf ein paar Schmerzmitteln, aber mir geht es okay.“

„Ich freue mich, dass du okay bist. Ich habe gestern Shar angerufen, um sicherzugehen.“

„Levi hat mir davon erzählt. Shar hat Jessica angerufen und sie hat es ihm erzählt. Jetzt wissen alle meine Schwestern –“

„Tut mir leid, wenn ich dir Umstände bereitet habe.“

Ihre abgehackten Worte überraschten ihn.

Er verzog das Gesicht. „Kelsey, du hast mir keine Umstände bereitet. Es tut mir leid. Ich hätte dich anrufen sollen. Ich hätte jemandem sagen sollen, dass er dir Bescheid geben soll.“ *Wie sollte er das angehen?* „Glaub mir, ich fühle mich schlecht deswegen. Ich frage mich, ob du herkommen möchtest.“

„Ich gebe heute Nachmittag Reitunterricht.“

Sein Magen verkrampfte sich. Trotz der Schmerzmittel in ihm waberte Spannung zwischen ihnen. „Vielleicht heute Abend?"

Eine weitere lange Pause… dann seufzte sie.

„Kelsey", sagte er sanft.

„Ich komme raus", sagte sie schließlich. „Falls du dir sicher bist. Aber Max, wir müssen reden."

Kelsey versuchte, nicht sauer zu sein. Redete sich ein, es nicht zu sein. Aber sie war es.

Sie redete sich ein, dass er gerade erst die OP gehabt hatte. Dass er unter Medikamenten stand und es nichts bedeutete, dass er sie nicht angerufen hatte. Aber in ihrem Inneren hatte sie die Hoffnung gehegt, dass er zumindest später am Abend anrufen würde, nachdem sie Shar angerufen hatte. Aber hatte er nicht. Und dann hatte er auch nicht heute Morgen angerufen. Nein, sie hatte bis jetzt warten müssen. Sie schaute kurz auf ihre Uhr – zwei Uhr. Er war zuhause und hatte endlich beschlossen, sie anzurufen.

Sie wusste, dass diese Beziehung erst am Anfang

stand und vielleicht sollte sie nicht wütend sein, aber sie war es. Sie war dabei, ihr Herz zu öffnen, sie wusste, dass sie das tat. Es ließ sich nicht leugnen, dass ihr Herz dabei war, sich auf Max Sinclair einzulassen. Und falls er sie nicht auf mehr Arten, als ihr einfach nur zu sagen, dass er sie wie eine Dame behandeln würde, in sein Herz oder seine Welt ließ, hatten sie womöglich zwei unterschiedliche Vorstellungen davon, was das zwischen ihnen war. Falls sie ihm wichtig war, würde er wissen, dass sie in solchen Sachen eingebunden sein musste.

Es war halb sieben, als sie in seine Zufahrt bog. Das Tor war offen. Na ja, zumindest würde sie nicht über den Zaun springen und zu seinem Haus laufen müssen. Das war ein gutes Zeichen. Aber andererseits hatte nicht er es offen gelassen. Nein, sie nahm an, dass es Levi gewesen war. Max würde anfangen müssen, sein Herz offenstehen zu lassen, zusammen mit diesem Tor.

Sie fuhr zu seinem Haus, wütend und mit Schuldgefühlen, weil sie wütend war. Und sauer und mit Schuldgefühlen, weil sie sauer war. Und aufgebracht und mit Schuldgefühlen, weil sie aufgebracht war. So fühlte es sich an, wenn jemand einem wichtig war. Diese emotionale Achterbahnfahrt hatte sie niemals zuvor empfunden. Oh, als Jugendliche hatte sie sich Sorgen wegen der Jungs gemacht, in die sie verknallt gewesen war. Aber das hier – diese emotionale Verbindung mit Max waren ausgewachsene Emotionen und etwas, womit sie Probleme hatte. In ihr war eine Taubheit, die mit seiner Schweigsamkeit in sie gesickert war und ein Überbleibsel von dem, was sie nach dem Tod ihres Vaters empfunden hatte, war.

Sie selbst hatte Mauern.

Und jetzt war sie dabei, sich verletzbar zu zeigen.

Ihr Telefon klingelte, bevor sie aus dem Truck stieg. Sie war in Eile, daher griff sie es schwungvoll aus der Mittelkonsole und beantwortete es beim zweiten Klingeln.

„Kelsey, ich kann nicht ohne dich leben."

Ihr Mund wurde trocken in dem Moment, in dem sie die Stimme ihres Ex-Chefs hörte. „Harrison, was tust du?"

Es war unvorstellbar, dass sich dieser Mann so verhielt. Ja, er hatte ein Kontrollproblem und hatte gedacht, er könnte sie kontrollieren und manipulieren, weil sie für ihn arbeitete. Aber das war weit darüber. „Du hast versucht, mich in den Ruin zu treiben. Ich habe keine Gefühle für dich. Lass mich in Ruhe." Sie war dabei, aufzulegen.

„Ich will dich, Kelsey. Ich liebe dich", sagte er sofort. „Ich lasse mich von meiner Frau scheiden –"

„Nicht meinetwegen", fauchte sie und hatte den Mann so satt. „Ich will nichts mit dir zu tun haben. Falls du dich mir noch einmal näherst, werde ich dieses Mal Anzeige gegen dich erstatten. Ist das klar?"

Sie wusste jetzt, dass Max und Levi Recht gehabt hatten. Sie hätte ihn nicht einfach gehen lassen sollen, nachdem er sie auf dem Parkplatz des Supermarktes angegriffen hatte. *Was hatte sie sich gedacht?* Er hatte offensichtlich ein Problem und sie war irgendwie eine Lösung für ihn geworden.

„Ich werde nicht zulassen, dass jemand anderes dich hat", brummte er und dann war die Leitung tot.

Ihr Puls raste… und ihr Magen säuerte sich vor

Ärger und Verblüffung mehr noch als vor Angst. Wenn er dachte, er könnte sie herumkommandieren, hatte er sich geirrt. Sie stieg aus dem Truck und ging zu Max' Tür. Harrison war offensichtlich ein Kontrollfreak, aber sie hatte nichts, absolut nichts getan, um sein merkwürdiges Verhalten zu rechtfertigen.

Sie versuchte, sich zu sammeln, atmete tief durch und klopfte dann an Max Tür.

„Komm rein."

Sie freute sich, seine Stimme zu hören und öffnete die Tür.

Max stand in der Küche und lehnte sich mit vollem Gewicht auf die Krücken. Sein Knie war in einem Gestell und selbst aus dieser Entfernung sah sie Anspannung in seinem Gesicht.

„Hey", rief er und grinste, als hätte er keine Schmerzen.

Sie wusste es besser. Sie war beinahe schon von Anfang an in der Lage gewesen, hinter seine Fassade zu blicken. „Max, du solltest nicht stehen", sagte sie sofort und vergaß in diesem Moment alles um sie herum.

„Mir geht es gut. Ich mache Abendessen für uns warm. Meine Schwestern und meine Mom liefern mir genug Essen, um eine kleine Armee durchzufüttern.“

Sie ging mit großen Schritten zur Küche hinüber und stemmte ihre Hände in die Hüften. „Max, du bist der sturste Mann, den ich kenne. Ich kann mir mein eigenes Essen zubereiten“, fauchte sie. „Du musst dich hinsetzen. Und wann hast du das letzte Mal deine Schmerzmittel genommen?“ Sie wusste, dass sie schrecklich klang, aber sie hatte genug davon, ihn leiden zu sehen. Das war der letzte Strohhalm.

„Ich habe sie weggelassen. Ich wollte nicht voller Medikamente sein und neben mir stehen, wenn du hierher kommst.“

„Max, du musst sie nehmen.“ Sie versuchte, ihre Stimme ruhig zu halten und die Emotionen, die sie für ihn empfand, für sich zu behalten. „Wo sind deine Schmerzmittel?“

„Auf dem Couchtisch.“ Er lehnte gegen die Wand und legte seinen Kopf dagegen.

„Komm schon. Lass uns dich zurück auf die

Couch bringen." Sie legte einen Arm um seine Taille und er sah zu ihr hinunter."

„Du bist wütend auf mich."

„Eher frustriert als alles andere", sagte sie ernst. „Nach gestern Abend hättest du anrufen –"

Er unterbrach ihre Worte mit einem Kuss, sein Arm glitt um ihre Taille und zog sie nahe zu sich, während sich sein Mund zu ihrem bewegte.

Sie erstarrte, versuchte, den Gefühlen, die ihre Knie und ihre Entschlossenheit zum Schmelzen brachten, zu widerstehen und dann erwiderte sie seinen Kuss. Verlor sich in der Faszination und Freude seiner Berührung.

„Es tut mir leid", murmelte er zum Schluss gegen ihre Lippen, bevor er sich zurückzog, um sie anzusehen. „Ich hätte dich hereinlassen sollen. Ich sagte dir, dass ich es tun würde. Ich sagte dir, dass ich dich richtig behandeln würde und ich habe es nicht getan. Das ist keine gute Art, unsere Beziehung zu beginnen."

Seine Verschlossenheit hatte ihr Herz verletzt, weil er sie nicht an seinen Mauern vorbeiließ, aber jetzt hatte sie das Gefühl, als würden sie einen Schritt nach vorn machen. „Das… was zwischen uns passiert… muss eine Partnerschaft sein. Ich habe viel darüber nachgedacht und du… du hast den Großteil deines Lebens damit verbracht, dein Leben für dich behalten zu müssen. Du hattest niemanden außer deinen Teammitgliedern, mit denen du reden konntest. Aber jetzt ist eine neue Zeit… und damit eine Beziehung funktioniert, müssen wir ein Team sein. Du und ich."

„Das gefällt mir."

„Du musst mich an dich ranlassen. Und ich verstehe, dass wir das hier gerade erst begonnen haben. Aber wenn du mich jetzt nicht an dich heranlassen kannst, habe ich Angst, dass du mich auch später nicht lassen wirst. Und Max, ich habe mein eigenes Gepäck, meine eigenen Unsicherheiten und Barrieren, die ich überwinden muss und ich kann mein Herz nicht für so wenig riskieren. Ganz egal, wie wichtig du mir bist."

„Ich verstehe. Ich stimme dir zu." Er küsste sie erneut.

Er stimmte ihr zu.

Seine Hand umschloss zärtlich ihr Gesicht. Eine der Krücken fiel zu Boden und machte ein schreckliches, krachendes Geräusch und sie schreckten beide auf. „Sorry dafür. Das reicht, um uns beide aufzuwecken."

Sie kicherte. „Oder uns einen Herzinfarkt zu bescheren", sagte sie. „Du bist mir wichtig, Max."

„Und du bist mir wichtig. Ich bin dabei, mich in dich zu verlieben, Kelsey."

Sie schloss ihre Augen. Seine Worte sanken in den dunklen Raum im Inneren ihres Herzens. Ein Raum, der so lange dunkel und einsam gewesen war. Sie öffnete ihre Augen. „So empfinde ich. Ich bin auch dabei, mich in dich zu verlieben, Max." Sie hatte sich bereits verliebt.

„Dann wirst du uns eine Chance geben? Sieht so aus als hätte ich ein paar Sachen zu lernen. Aber ich will es. Du bist es wert, Kelsey. Können wir von hier aus nochmal anfangen?"

Sie wusste, dass es keine Möglichkeit gab, dass sie irgendetwas anderes außer Ja sagte. Zumindest wusste er, wie sie empfand. „Ja. Jetzt musst du dich hinsetzen.

Ich werde dir eine Schmerztablette geben und du wirst eine Weile lang keine Schmerzen haben." Sie hob seine Krücke auf und half ihm hinüber zur Couch.

Dann nahm sie seine Medikamente und las die Packungsbeilage, schüttete eine Tablette heraus und gab sie ihm zusammen mit einem Glas Wasser vom Tisch. „Nimm das."

Er machte genau, worum sie ihn gebeten hatte. „Sieht so aus, als würdest du lernen", sagte sie, während er die Tablette schluckte.

„Ja, Ma'am. Ich werde es versuchen."

Sie lachte und es fühlte sich so wundervoll an. „Alles klar. Ich werde fertigmachen, was du gerade zubereitet hast, während du dich entspannst."

„Ja, Schwester."

Als sie die Auflaufform erhitzt hatte, war er eingeschlafen. Sie setzte sich auf den Sessel und beobachtete ihn beim Schlafen. All die Anspannung in seinem Gesicht war verschwunden. Ihr Herz schwellte an vor Erfüllung und… Liebe.

KAPITEL ZWÖLF

Max wurde von der vor seinem Fenster aufsteigenden Sonne geweckt. Er war noch immer auf der Couch mit einer Decke über ihm. Auf dem Tisch neben ihm stand ein Blech mit ein paar der Blaubeermuffins – seine Lieblingsmuffins – die seine Mutter vorbeigebracht hatte, bevor er aus dem Krankenhaus gekommen war. Auf dem Küchentresen stand ein Behälter voll von ihnen. Kelsey hatte auch etwas Orangensaft in ein Glas gekippt und eine Tasse Kaffee in einen Thermobecher. Und da war eine Notiz, die neben dem Teller sauber zusammengefaltet lag.

Ich hoffe, du hast gut geschlafen. Du bist einmal aufgewacht und hast noch eine weitere Tablette genommen. Ich bin um sieben gefahren, um mich für die Arbeit fertigzumachen. Ruf an, wenn du irgendetwas brauchst. In der Kaffeemaschine kocht noch mehr Kaffee. Kelsey.

Er spielte mit dem Zettel zwischen seinen Fingern und wünschte sich, er wäre dreißig Minuten eher aufgewacht. Er erinnerte sich nicht daran, wie er eingeschlafen oder eine weitere Schmerztablette genommen hatte. Sein Magen knurrte, was ihn daran erinnerte, dass er es nicht einmal bis zum Abendessen geschafft hatte. Sie hatte allein essen müssen und dann was – auf dem Sessel sitzen und ihm beim Schnarchen zusehen? Er rieb sich den Nacken. „Was für einen großartigen Abend Kelsey gehabt haben musste", grummelte er.

Er hatte dieses Knie so satt. Die Frustration brachte ihn dazu, sich aufzusetzen. Er nahm seine Krücken und ignorierte das Pochen in seinem Knie, während er sich in den Stand hochzog. Er balancierte sich mit den Krücken aus und streckte dann seine Hand nach unten und nahm den Kaffee. Sie hatte sich die Zeit genommen, das hier vorzubereiten und er brauchte etwas, um zu klarem Verstand zu kommen. Er nahm einen großen Schluck des noch heißen Kaffees und dann einen weiteren. Schließlich stellte er ihn wieder ab und ging in Richtung Dusche, nur um sich daran zu erinnern, dass er das Bein noch nicht nass machen durfte. Er drehte die Dusche auf und balancierend steckte er seinen Kopf darunter. Er brauchte einen klaren Kopf. Er würde keine weiteren Schmerzmittel nehmen.

Eine Stunde später, als das Medikament komplett aus seinem Körper heraus war und der Schmerz, der von seinem Knie ausstrahlte, ihm sagte, dass er wieder in voller Kontrolle seiner Sinne war, ging Max raus zum Truck. Es war Zeit, Kelsey wiederzusehen.

Kelsey striegelte Rip, einen der großen, kastanienbraunen Wallache, als sie das Knirschen von Stiefeln hörte. Sie war müde, nachdem sie den Großteil der Nacht in einem Sessel sitzend verbracht hatte. Sie hatte Max nicht allein lassen wollen. Sie hatte dort gesessen und über ihn gewacht, während sie alte Filme im Fernsehen angeschaut hatte. Es hatte sich gut angefühlt, nach ihm zu sehen. Aber es war Samstag und sie hatte zurück zu den Ställen kommen und sich auf die Morgenklasse mit den Kindern vorbereiten müssen. Sie erwartete, einen von ihnen zu sehen, vielleicht Kevin, als sie aufschaute, aber es war die letzte Person, die sie erwartete, zu sehen…

„Max." Sie keuchte, ließ ihre Bürste fallen und stand auf. „Was tust du hier?"

Er lächelte, wobei sich sofort das Grübchen zeigte. „Ich bin gekommen, um dir zu sagen, wie sehr ich es genossen habe, dass du gestern Abend vorbeigekommen bist."

Sie wusste, dass sie sauer auf ihn sein sollte, weil er die Anweisungen des Arztes erneut missachtete, aber ihr Herz rutschte ihr vor Ungläubigkeit und Freude, dass er so sehr herkommen und sie sehen wollte, in die Hose. Dennoch überstrahlte die Sorge um ihn alles. „Max, das hättest du nicht tun sollen. Du musst zuhause sein. Das kann nicht gut sein für dein

Knie. Und was ist mit deinen Schmerztabletten? Fährst du –"

„Ich habe keine genommen, seitdem du mir heute Morgen eine gegeben hast. Ich habe eine hohe Schmerztoleranz, aber mir wurde gesagt, dass ich sie nehmen soll, wenn ich zur Physiotherapie gehe. Jake holt mich um neun dafür ab und ich wollte vorher mit dir sprechen, denn wer weiß – womöglich schlafe ich wieder ein – was ich hasse."

Sie wusste, dass er das tat, sie konnte seine Frustration spüren. Max war ein aktiver Typ, der wegen seiner Verletzung pausieren musste. Sie ging zu ihm und legte ihre Hand an seine Wange. „In ein paar Wochen wirst du all das überstanden haben und wieder voll einsatzfähig sein."

Er legte einen Arm um ihre Taille und zog sie nahe zu sich. „Ich hätte nicht gedacht, dass du jemals aus diesem Stall herauskämst. Ich werde diese Therapeuten fertigmachen. Ich bring das Knie so schnell wie möglich wieder in Schuss. Cam und Lana werden im Mai heiraten und ich brauche eine Begleitung und eine Tanzpartnerin – aber nicht irgendjemanden. Ich will, dass du es bist." Er hob eine Augenbraue.

„Das klingt nach einer großartigen Idee. Das würde mir gefallen."

Beim Geräusch eines Autos, das auf den Hof fuhr, hielt er seinen Arm etwas fester um sie. „Dann ist das ein Date." Er küsste sie zärtlich. „Dann bin ich ein glücklicher Mann. Ich fahr zurück nach Hause und warte auf Jake. Dieses auf Leute warten macht mich wahnsinnig."

„Geduld ist offensichtlich nicht deine Stärke."

„Nein. Ist sie nicht. Ich ruf dich an." Er küsste sie kurz, als das Geräusch von Kindern und zuschlagenden Autotüren hörbar war. „Klingt als hätten wir Gesellschaft."

„Jessica bringt Kevin und seine Freunde zum Reiten her."

„Oh, klingt lustig. Er ist ein süßes Kind."

„Ja, ist er."

Sie zog sich aus seinen Armen zurück und ließ ihn sich mit den Krücken sortieren und in Bewegung setzen. Sie konnte sehen, wie es ihm wehtat, aber der Mann war unglaublich, wenn es um Schmerztoleranz ging.

Kevin kam mit seinen Freunden um die Ecke und schlitternd zum Stehen. „Max, cool. Du hast Krücken."

Sie unterdrückte ein Grinsen. *Überlass es den Kindern, Krücken cool zu finden.*

„Hey Kumpel. Hab ich. Gib mir ein paar Wochen und du kannst sie haben, wenn du willst."

Kevin schaute zu den anderen Jungs und strahlte. „Toll. Ihr könnt sie auch benutzen."

Jessica näherte sich ihnen und schüttelte ihren Kopf. „Du hast ihm den Tag gerettet. Natürlich bin ich nicht sicher, was der kleine Mann mit deinen großen Krücken anfangen wird."

„Ich bin mir sicher, er wird sich etwas ausdenken. Ich werde mich einfach freuen, sie los zu sein."

„Mir werden sie gefallen", sagte Kevin. „Womöglich brauche ich sie, wenn ich groß bin."

„Das ist wahr", stimmte Max zu. „Alles, was ich dir sagen kann, ist, dass sie deine sind, wenn der Arzt sagt, dass ich sie beiseite werfen kann, also mach dich bereit." Er drehte sich zu Kelsey. „Ich muss los. Jake wird nicht glücklich sein, wenn er zu meinem Haus kommt und mich nicht findet."

„Levi wird mir nicht glauben, wenn ich ihm sage, dass du bereits auf den Beinen und unterwegs bist. Darfst du fahren?"

Seine Lippe hob sich zu einem schiefen Grinsen. „Ich musste mich um etwas Wichtiges kümmern. Ich ruf dich an, Kelsey."

„Sei bitte vorsichtig."

„Klar."

„Bis später, Jungs", rief er den Kindern zu. Sie winkten und riefen ihm Tschüss hinterher, während er zu seinem Truck ging.

Sie spürte ihr Telefon in ihrer Tasche vibrieren und zog es heraus, um einen flüchtigen Blick auf das Display zu werfen. *Harrison.* Sie ignorierte den Anruf. Sie hatte daran gedacht, Max von seinem Anruf gestern Abend zu erzählen, aber die Gelegenheit hatte sich nicht ergeben und dann war Max eingeschlafen. Sie würde es ihm später erzählen, aber jetzt würde sie ihn erst einmal ignorieren. Mit etwas Glück würde er ihre Botschaft verstehen und sie in Ruhe lassen.

Sie sagte den Jungs, dass sie ihre Pferde holen sollten, die sie in ihren Ställen angebunden hatte.

Jessica sah sie mit lächelnden Augen an. „Er ist

also hergekommen, um dich zu sehen? Wie interessant."

„Ist Levi so stur wie sein Bruder?"

„Oh, ich glaube schon. Ich habe das Gefühl, er wäre kein guter Patient, wenn er in Max' Situation wäre. Aber du bist gerade meiner Bemerkung ausgewichen. Er sah wirklich glücklich aus und jeglicher Schmerz in seinem Gesicht sah unbedeutend aus, so wie er dich ansah."

Kelsey atmete tief durch. „Oh Jess, ich glaube, er und ich sind gerade in ernsthafte Beziehungsgewässer geschwommen."

„Ich finde, das ist wundervoll. Ich weiß, dass Levi die Vorstellung, dass ihr beide ein Paar seid, wirklich toll fand."

Das machte sie glücklich, zu wissen, dass alle so begeistert von ihr und Max waren.

Aber das Beste war, dass sie glücklich deswegen war. Und es noch immer nicht ganz glauben konnte.

Max zog die Physiotherapie in den nächsten Wochen durch. Er war der Meinung, dass Phyllis, seine

Therapeutin, eigentlich ein getarnter Feldwebel der Marine war. Sie war ein zäher Brocken und hatte vor, so viel Stabilität in seinem Knie wiederzugewinnen wie möglich. Kelsey kam an den Abenden vorbei und half ihm, Geduld bei seiner Heilung zu haben. Wenn sie nicht gewesen wäre, hätte er es nicht die ganze Zeit ruhig gehalten. Aber einfach entspannte Zeit mit ihr zu verbringen, war das Bestmögliche, um ihn davon abzuhalten, sich zu übernehmen.

Am vierten Abend wusste er, dass er sein Leben niemals mehr ohne sie verbringen wollte. Er war sich ziemlich sicher, dass es Charlotte genauso ging. Sein Schwein liebte Kelsey und kannte das Geräusch ihres Trucks. Er verstand, wie sie sich fühlte. Wenn er auf sie zu rennen könnte, würde er das tun.

Eine Sache, die er noch vor allen anderen wusste, war, dass er sie niemals enttäuschen würde. Und er hatte vor, sein Bestes zu geben, um ihre Liebe für den Rest seines Lebens für sich zu gewinnen.

KAPITEL DREIZEHN

Die nächsten drei Wochen gingen wie im Traum vorbei. Max war mit der Therapie beschäftigt und ging zu jedem vereinbarten Termin und machte sein eigenes Training zuhause, um besser zu werden. Er rief Kelsey fast jeden Tag an und kam vorbei, um sie zu sehen. Für Kelsey war es eine Zeit des Glücks und ein wenig Ungläubigkeit darüber, wie glücklich sie sein konnte, Max gefunden zu haben. Er war alles, worauf sie hatte hoffen können und auch wenn sie sehen konnte, dass es für ihn noch immer Momente gab, in denen er bedauerte, nicht zurück in seine

Einsätze gehen zu können, lag sein gesamter Fokus zurzeit darauf, dass sein Knie so schnell wie möglich besser wurde.

Sie hatte nicht wieder von Harrison gehört und war froh, dass sie nie den richtigen Zeitpunkt gefunden hatte, um es Max zu sagen. Mit seiner Verletzung wollte sie nicht, dass er sich Sorgen machte.

Heute Abend, als sie zu ihm hinausfuhr, war sie aufgeregt. Er hatte gesagt, er hätte eine Überraschung und sie war neugierig. Aufgeregt und sowas von bereit, Zeit mit ihm zu verbringen, fuhr sie die gewundene Straße zu seinem Zuhause entlang. Es war dunkel, als sie sich seiner Zufahrt näherte. Der Truck hinter ihr fuhr ihr fast auf die Stoßstange und seine hellen Scheinwerfer blendeten sie im Rückspiegel. Sie bog schneller auf die Straße ab als sie sollte und kam ins Schleudern, als ihre Reifen den Kies berührten. „Du liebe Güte, Kumpel", murmelte sie, als sie auf die Bremse stieg.

Der Truck wurde langsamer und beschleunigte dann, bevor er die Straße entlang verschwand. Ihr Herz hämmerte, während sie durch das offene Tor und entlang des Weges zu Max Haus fuhr.

Er stand vor dem Bungalow, trug Shorts und das Gestell für das Knie. Die Krücken war er losgeworden und konnte sich nun so viel besser umher bewegen. Alle in der Familie wussten jetzt, dass sie ein festes Paar waren und sie waren alle unterstützend, auch wenn Max zurückgezogen blieb und es bevorzugte, wenn sie Zeit allein verbrachten. Aber für sie war das in Ordnung, denn sie genoss ihre Zeit zu zweit. Sie schob den Gedanken an den Truck beiseite – der Anblick von Max reichte, um den Gedanken an einen übermäßig aggressiven Fahrer wegzuwischen.

Charlotte trottete auf sie zu, grunzend und mit allem wackelnd, was sie hatte. Sie beugte sich nach unten und kraulte die großen Ohren des Schweines und Max grinste. „Dieses kleine Schwein war baden… wie hast du das hinbekommen?"

Er kicherte. „Charlotte ist wie ein Hund, der es liebt, zu duschen. Ich muss die Dusche nur aufdrehen und die Tür öffnen und sie ist drin. Ich habe sie abgetrocknet, damit sie schön und sauber ist, wenn du herkommst."

„Nun, du siehst verdammt gut aus", sagte sie zu dem Schwein. „Und du auch. Du siehst aus, als würde es dir viel besser gehen."

„Tut es." Er lehnte sich gegen die Wand und verschränkte seine Arme. „Es wird nicht mehr lange dauern und ich werde dieses Gestell wegwerfen."

„Klingt ziemlich überheblich da drüben." Sie richtete sich auf und ging auf ihn zu. Er öffnete seine Arme und sie trat in seine Umarmung. Sie hatte sich den ganzen Tag darauf gefreut. Und sie wusste, dass sie es niemals überdrüssig werden würde, seine Arme um sich zu spüren.

„Ich hab dich vermisst", sagte er. „Und du riechst gut – hast diesen Pferdegeruch gleich von dir abgewaschen?"

Sie lachte. „Ja, hab ich. Wie immer."

„Ich mag dich, egal wie du bist, aber ich muss zugeben, ein sanfter Blumenduft ist besser als Pferd. Komm, steig auf das Quad. Ich will dir was zeigen."

„Meine Überraschung?"

„Ja." Er nahm ihre Hand und führte sie zu dem Quad. Es stand außer Zweifel, dass er sich besser bewegte. „Bleib hier, Charlotte", sagte er zu dem Schwein und es setzte sich sofort auf die Türschwelle, um zu warten.

Er fuhr den unbefestigten Weg zu dem Haus hoch. Er blieb stehen. „Bleib hier", sagte er, wobei sein Grinsen einen Schauder der Freude durch sie hindurch schickte. „Warte auf mich."

Er bewegte sich langsamer als sie wusste, dass er es wollte und kam zu ihr herum und nahm ihre Hand. Sie hatte das Gefühl, dass, wenn Max Schiene abkam, der Mann ein Energiebündel sein würde.

Die Wärme seiner Berührung sandte ein Kribbeln des Bewusstseins über sie hinweg und Vorfreude, was im Inneren des Hauses auf sie wartete.

Als sie hineingingen, war dort ein Tisch für zwei gedeckt. Kerzen flackerten sanft und romantische Musik lief. Sie rang nach Luft. „Oh Max, das ist so romantisch." Und das war es. Durch das Fenster war das ruhige, mondbeschienene Wasser zu sehen, was zu der wunderschönen Szenerie hinzukam.

„Ich wollte, dass das besonders wird." Er sah in ihre Augen.

Ihr Herz flatterte. Für sie hatte noch nie jemand ein romantisches Abendessen vorbereitet. „Das ist süß und unerwartet." Ihr Herz krallte sich in ihre Brust vor lauter Liebe für diesen Kerl.

Sie konnte nicht anders. Sie wusste, dass er der Richtige für sie war.

Zwischen ihnen gab es keine Hindernisse. Er führte sie hinüber zu dem Tisch und nahm sie in seine Arme. Und dann senkte er seinen Kopf und küsste sie mit einer tiefen Zärtlichkeit, die ihre Welt sich drehen und in bunten Farben blühen ließ.

Schließlich sagte er: „Seit dem letzten Mal, an dem du hierhergekommen bist, habe ich nichts am Haus gearbeitet. Daher gibt es noch immer jede Menge Dinge, die getan werden müssen. Ich habe Entwürfe, aber die Pläne können noch geändert werden. In meinem eigenen Leben habe ich gelernt, dass sich manchmal das, was wir wollen, ändern kann. Ich habe gelernt, mich anzupassen und nach vorn zu gehen. Und ich habe gelernt, dass die neue Zukunft ein Segen sein kann. Du hast mir geholfen, das zu erkennen. Du warst für mich da, als ich an meinem Tiefpunkt war, Kelsey. Ich glaube nicht, dass irgendjemand wusste, wie schlimm diese Verletzung und der Verlust meiner Kameraden für mich war. Aber du wusstest es. Du hast es gespürt und die Vorstellung, dass ich beim Militär bin, war schwer für dich, aber dennoch warst du für mich da. Und das werde ich nie vergessen."

Er machte eine Pause und küsste ihre Hand. „Ich liebe dich, Kelsey. Ich habe mich vom ersten Tag, an dem ich dich dort bei Cams Ställen gesehen habe, in dich verliebt."

Kelseys Knie wurden weich.

„Als ich dich bei der Verlobungsfeier sah und die Jungs fragte, wer du bist, erzählte mir Cam, dass du seine Wirtschafterin bist. Ich konnte nicht anders. Ich musste dorthin kommen und dich kennenlernen. Aber ich hätte mir nie erträumt, dass ich die eine kennenlernen würde. Ich wusste nur, dass du etwas an dir hattest – deine Energie, dein Lächeln... etwas trieb mich dazu, am nächsten Tag rauszufahren und dich kennenzulernen. Es war ein Schock, wie stark deine Anziehung auf mich war. Ich hätte mir nie erträumt, dass du die eine bist. Ich wusste es nicht – ich wusste nur, dass ich jeden Tag, seitdem du mich in deinen Bann gezogen hast, in deiner Nähe sein musste."

Kelsey spürte Tränen in ihren Augenwinkeln stechen. *Er liebte sie.* Und er hatte es ihr gesagt. Sie hätte jeden Instinkt, der ihr gesagt hatte, ihm fern zu bleiben und von allem davonzulaufen, was er war und was er repräsentierte, bekämpfen müssen. Aber dazu war sie nicht in der Lage gewesen. Sie hatte nicht auf die Warnzeichen hören können. Ihr Herz schien vor allem anderen gewusst zu haben, dass das ein Mann war, vor dem sie nicht davonlaufen konnte.

„Ich liebe dich auch, Max. Für mich war es fast dieselbe Reise. Ich habe gelernt, dass man manchmal so sehr lieben kann, dass man in der Lage ist, gegen das, was die eigene Logik einem vorgibt, zu handeln und man in der Lage ist, etwas zu anzunehmen und zu tolerieren, weil die andere Person so eine Hingabe dafür hat, die du nicht für möglich gehalten hättest.

Und das ist Teil dieser Person, die du liebst. Ich bin mir ziemlich sicher, dass meine Mom so für meinen Dad empfunden hat und ich konnte es nicht verstehen, bis ich dich traf."

Er war für einen Moment still und sie konnte sehen, dass er nachdachte. „Ich habe es geliebt", sagte er einen Augenblick später. „Und ich habe diesem Land stolz und mit meinem ganzen Herzen gedient. Aber Kelsey, jetzt ist ein neues Kapitel in meinem Leben. Und ich will, dass du Teil davon bist."

Kelsey rang nach Luft, als er einen Stuhl nach hinten zog und sich darauf setzte. Noch immer ihre Hand haltend schaute er zu ihr auf.

„Ich kann nicht runter auf mein Knie gehen. Noch nicht jedenfalls." Er grinste verlegen. „Aber ich kann nicht länger warten. Ich kann keine weiteren drei oder vier Wochen warten, bis das möglich ist. Ich will dich jetzt fragen, ob du mich heiraten willst. Willst du,

Kelsey Malone, meine Frau werden?"

Sie konnte nicht atmen. Ihr Herz schoss hoch in die Stratosphäre, während es heftig pochte und ihre Knie wie Butter schmolzen. „Ja", krächzte sie durch die Tränen. „Das will ich so sehr. Du hast so sehr an dir gearbeitet, dich zu öffnen und ich will mein Leben mit dir teilen."

Seine Augen strahlten, als er aufstand. „Du hast mein Leben gerade verzaubert. Ich fühle mich geehrt." Er umschloss sie mit seinen Armen und küsste sie innig, leidenschaftlich und sie konnte die Liebe in seinem Kuss spüren. Sie spürte das Versprechen von morgen und jedem Tag nach diesem Kuss.

Er lächelte schließlich, zog sich zurück und griff nach unten, um eine Serviette vom Tisch zu heben und ein kleines Schmuckkästchen darunter zu offenbaren. Er nahm es in die Hand und öffnete dann den Deckel. „Falls dir der nicht gefällt, gibt es jede Menge andere dort, wo ich den her habe. Wir werden hingehen und du kannst dir aussuchen, was auch immer du möchtest."

Sie starrte auf den wunderschönen, exquisiten Diamantring, der im Kerzenlicht funkelte. Der wunderschöne Diamant mit Prinzess-Schliff war in Platin eingefasst und umgeben von einem Kreis aus Diamanten.

„Ich wollte den Ring aus Diamanten um den einzelnen, um zu symbolisieren, dass meine Liebe für dich niemals endet und dich immer umschließen wird. Von diesem Tag an bist du der Mittelpunkt meines Lebens und meine Liebe wird dich immer umschließen und wertschätzen."

Sie weinte jetzt. „Er ist perfekt. Ich liebe ihn. Ich liebe dich." Und dann warf sie sich in seine Arme und küsste ihn.

Plötzlich schnitt ein schreckliches Geräusch durch die Abendluft. Kelsey sprang auf. Das Geräusch war nicht weit vom Haus entfernt.

„War das Charlotte?"

Max hatte sich bereits in die Richtung des Hauseingangs gedreht. Er war in voller Alarmbereitschaft. „Das war Charlotte. Jemand ist hier.“

„Aber sie klang, als hätte sie Schmerzen.“

Er nickte und sein Gesichtsausdruck war versteinert. Max war von einer Sekunde auf die andere vom Liebhaber zum Krieger geworden. Er bewegte sich so schnell er konnte zum Fenster. Sie begann, ihm zu folgen, aber er hob seine Hand.

„Sie gibt keinen Laut mehr von sich“, keuchte Kelsey.

„Kelsey, puste die Kerzen aus.“

Sie zögerte nicht, als sie sich schnell zurück zum Tisch drehte und die flackernden Kerzen auspustete. Sofort wurden sie von Dunkelheit umgeben. Er nahm im Dunkeln ihre Hand. „Hier entlang.“

Er führte sie in den Küchenbereich, wo Wände waren und er drückte sie sanft in die Nische, wo der Kühlschrank hinkäme. „Bleib hier im Hintergrund“, flüsterte er. „Ich muss wissen, wo du bist. Etwas stimmt nicht.“

„Aber ich verstehe nicht.“

Sie hörte das Knirschen von Kies. Er hörte es

auch. „Bleib hier."

Und dann war er weg. Ihr Herz donnerte. Ihre Augen hatten sich an die Dunkelheit gewöhnt und sie erkannte Formen von Pfosten und unfertigen Wandrahmungen. Sie konnte nicht anders und bewegte sich zur Kante der Öffnung und spähte auf der Suche nach Max um die Ecke. Sie sah, wie der schwarze Schatten von jemandem das Haus betrat. *Wer?*

Ihr Magen fühlte sich krank an vor Angst. *Was war mit Charlotte passiert? Was war los?*

Wo war Max? Plötzlich schoss ein Scheinwerferlicht durch die Dunkelheit und erleuchtete... ihren Ex-Chef. Sie keuchte... und dann sah sie die Pistole.

Ihr Blick wanderte von ihm dorthin, wo das Licht herkam. Es war auf einer Arbeitsbank aufgestellt, aber Max war nicht dort. Harrison blinzelte ebenfalls, er sah nur das Licht und dann konzentrierte er sich wieder auf sie.

„Komm raus, Kelsey. Ich bin wegen dir hier. Ich kann es nicht ertragen. Ich brauche dich. Ich kann dich nicht gehen lassen."

Sie hatte gewusst, dass Harrison wahnhaft war. Hatte seinen Hang zum Extremen, um immer zu kriegen, was er wollte, gesehen, aber sie hätte nie vermutet, dass er diesen Wahn auf sie projizieren würde. *Wo war Max?* Angst um ihn umfing sie. Sie trat hinaus ins Offene.

„Harrison, du musst diese Pistole weglegen."

Er winkte damit. „Ich behalte sie, wenn für dich dasselbe gilt. Komm her und deinem Freund wird wahrscheinlich nichts passieren."

„Bleib genau dort, wo du bist", forderte Max. „Du wirst sie nicht in die Hände bekommen. Kelsey, ruf Levi an. Ruf den Notruf, jetzt."

Ihr Telefon war Gottseidank in ihrer Tasche. Ihre Hände bebten, während sie es herauszog und es schaffte, mit zitternden Fingern die Nummer einzugeben. Die Zentrale meldete sich, als Harrison es schaffte, mit seiner Faust Max Kiefer zu treffen. Max nahm einen Treffer in Kauf und dann, im Bruchteil einer Sekunde, brachte er Harrison zu Boden. Die

Pistole schlitterte über den Boden. Max zog Harrisons Hände hoch zu seinen Schulterblättern.

Sie bewegte sich sofort zu der Pistole, gerade als Harrison Max gegen sein kaputtes Knie trat. Max stöhnte und verlor den Griff um Harrisons Handgelenk; in der nächsten Minute war Harrison über Max. Sie hatte die Pistole.

„Hör auf", schrie sie, gerade als ein schreckliches Geräusch hervorbrach und Charlotte ins Haus stürmte. Blut tropfte vom Kopf des armen Schweines. Sie war wie ein Kugelblitz, als sie einen Kampfschrei ausstieß und auf Harrison zustürmte und mit ihrem ganzen, nicht zu verachtendem Gewicht gegen ihn stieß. Harrison war sofort auf dem Boden, wobei sein Kopf auf den Zement schlug. Er wurde schlaff, während das Schwein auf seiner Brust saß und böse zu ihm hinunter blickte.

Max rollte sich weg und kämpfte sich in den Stand. Sie eilte herbei, um ihm zu helfen und er zog sie an seine Seite. Beide ließen ihren Blick auf Harrison, der still blieb. Charlotte blieb weiterhin fest auf seinem

Rumpf sitzen und starrte sie an, als wolle sie ihnen sagen, dass sie alles unter Kontrolle habe.

„Geht es dir gut?", fragte er.

„Alles in Ordnung. Zu Tode erschrocken. Geht es dir gut? Was ist mit deinem Knie?"

„Ich werde es überleben. Aber es hat mir bei diesem Kampf nicht geholfen."

Sie umarmte ihn, so erleichtert war sie, dass es ihm gut ging. „Ich habe mir solche Sorgen gemacht. Er ist verrückt!"

„Er hat Probleme, aber er wird Zeit haben, an ihnen zu arbeiten, denn dieses Mal werden Anzeigen erstattet."

Sie stimmte ihm zu. „Ich werde sie dieses Mal erstatten."

„Gut für dich. Aber ich werde sie auch erstatten. Er kam hierher, um dich zu bedrohen und das wird niemals wieder passieren." Er zog sie nahe an sich und küsste ihre Stirn. In der Ferne ertönten Sirenen.

„Charlotte, du machst einen großartigen Job, du Zuckerpuppe."

Das Schwein grunzte und dann, als würde sie sagen wollen, sie könnte es noch besser, streckte sich Charlotte auf Harrisons Brust aus und ließ ein langes, lautes Grunzen hören, bevor sie ihre Schnauze gegen seine Wange legte.

„Das ist nicht gerade der romantische Abend, den ich mir vorgestellt hatte", sagte Max.

Sie legte ihre Hand an seine Wange und lächelte. „Aber wir sind beide in Sicherheit. Und nichts an dem, was passiert ist, ändert die Tatsache, dass ich deine Frau werde."

Er küsste sie. „Und das bedeutet, dass ich noch immer der zufriedenste und glücklichste Mann auf Erden bin."

Auszug aus

MIT DIESEM WUNSCH

Windswept Bay, Buch Acht

KAPITEL EINS

Der Wind wehte heiß und feucht über Trent Sinclair hinweg, während er auf seiner Harley die kurvige Küstenstraße von Windswept Bay entlang fuhr. Er hatte seit zwei Jahren an der Aufbereitung dieser alten Knucklehead Harley gearbeitet und jetzt schnurrte sie wie ein großes Kätzchen. Zu wissen, dass er sie mit seinen eigenen Händen wieder in Schuss gebracht hatte, war ein belohnendes Gefühl. Es gab ihm das Gefühl von Erfolg.

Es hatte ihn auch an den Abenden beschäftigt gehalten.

Die Beschäftigung für seinen Kopf hatte er gebraucht, nachdem er aus dem Militär und der Spezialeinheit entlassen worden war. Er war nicht gut damit umgegangen, als er vor fast drei Jahren das erste Mal nach Hause gekommen war. Einige Monate nach seiner Ankunft das Motorrad zu finden, war für ihn ein Rettungsanker gewesen, den er gebraucht hatte. Er hatte mit niemandem abhängen oder überhaupt ausgehen wollen. Außer seine Familie zu sehen – seine Brüder und Schwestern – hatte er die meiste Zeit nach der Arbeit einfach nur Zeit allein sein wollen. Aber er hatte zu viel Zeit mit nichts als den Geräuschen von Grillen und Fröschen verbracht und selbst das Geräusch des kleinen Wasserfalls nicht zu weit entfernt zwischen den Bäumen hatte ihm nicht gut getan… Er hatte zu viel Zeit für Erinnerungen, Bedauern und Stillstand gehabt.

Ihm war klar geworden, dass er etwas gebraucht hatte, das ihm dabei half, die Zeit mit Sinn zu füllen und an der Harley zu arbeiten, war genau das richtige Projekt gewesen. Aber jetzt war sie fertig. Und Zeit war verstrichen, Leben war verstrichen… Aber war er bereit?

War sein Herz genug geheilt? Wollte er nach mehr streben?

Es bestand keine Eile. Jetzt hatte er Gefallen daran gefunden –das Leben zu spüren, das in der Luft vibrierte, während er auf der Harley fuhr. Vorerst würde er sich darauf konzentrieren. Das und darauf, einen Schritt nach dem anderen zu machen, um schließlich vorwärts zu gehen.

Er betrachtete die Brandung, während er der Biegung der Straße folgte und dachte, wie viel Glück er hatte, an so einem schönen Ort zu wohnen. Er bog auf die abgelegene Straße, die die Berge hinauf und weg von dem blauen Wasser der Bucht führte. Er genoss die Abgeschiedenheit seines von Bäumen umgebenen Zuhauses weg von der Brandung, im Gegensatz zu dem, was die meisten Leute von einem Haus in Strandnähe wollten. Während er sich den Hügel hinauf schlängelte und um die letzte Kurve zu seiner Einfahrt fuhr, musste er sein Bike stark nach links ziehen, um dem hellblauen Wohnwagen, der die Straße blockierte, auszuweichen.

Das Motorrad kam ins Rutschen und er schaffte es, dem Anhänger auszuweichen, während er über den Grünstreifen rutschte, Luft holte und auf seiner Auffahrt schlitternd zum Halt kam. Er stellte den Motor ab und klappte den Ständer der Knucklehead aus.

Wer... Was?

Die Fragen schossen durch ihn hindurch, wobei er mit finsterem Blick zu dem verblassten Chevy blickte, der an den kleinen, eierförmigen Wohnanhänger befestigt war, der seine Zufahrt und die Straße blockierte. Wut flammte in ihm auf, während er die Gegend absuchte. Niemand war da.

„Geht es dir gut?"

Er riss seinen Kopf herum und sah eine Blondine, die auf halber Strecke zwischen ihm und dem Haus stand und einen erschrockenen Ausdruck auf ihrem gebräunten Gesicht hatte. Soweit er von dem bisschen, das er von ihrem Gesicht durch die Masse an Haaren sah, erkennen konnte.

„Was denkst du dir dabei?", forderte er, während er von dem Motorrad stieg und mit großen Schritten auf sie zuging. „Versuchst du, jemandem mit deinem Anhänger umzubringen?"

„Nein. Ich dachte, er wäre genug von der Straße runter. Ich habe meine Warnblinker an."

„Nee, keine Warnblinker und nicht genug von der Straße runter."

Sie schob sich mit einer Hand die Locken aus dem Gesicht und ließ ihre Hand auf der Stirn liegen, als würde sie die Masse zurückhalten. Ihre Brauen kräuselten sich über ihrer dunklen Sonnenbrille. „Na ja, ich park ihn um. Ich hatte den Eindruck, dass von hier aus den Berg hinauf wenig Verkehr herrscht."

„Das stimmt schon, aber trotzdem keine gute Sache. Du hättest ihn zumindest aus dem Kurvenbereich und weg von meiner Einfahrt parken sollen."

„Gut. Ich parke ihn um und bin gleich zurück." Sie joggte mit leichten Schritten an ihm vorbei.

Er stemmte seine Hände in die Hüften und

beobachtete, wie sie die Beifahrertür aufzog, hineinglitt und die Tür zuzog. Sie rutschte auf den Fahrersitz und startete den Motor. Ein lauter Auspuffknall ertönte von dem alten Truck, bevor er nach vorn fuhr und das blaue Ei über seine Auffahrt und fünfzehn Meter die Straße hinauf und am Eingang seines Hauses vorbei zog. Das war ein hässlicher, kleiner Wohnanhänger.

Aber eine wirklich süße Besitzerin, wie ihm auffiel, während sie innerhalb von Augenblicken zurück in seine Richtung joggte. Ihr Haar schien zu leben, als sie auf den Bürgersteig sprang und vor ihm stehen blieb. Sie nahm ihre Sonnenbrille hab, wobei sie ihre schöne, makeup-freie Haut und funkelnden Augen, von der Farbe des Immergrüns, das im Fensterkasten seiner Mutter wuchs, offenbarte. Sie ließ die Hand, die die Sonnenbrille hielt, zu ihrem Oberschenkel sinken und sein Blick folgte der Bewegung an ihrem T-Shirt, auf dem *Yosemite National Park* über ihre kleinen Brüste gekritzelt war, vorbei zu einer abgeschnittenen Jeans hinunter, die gerade auf der Mitte der Oberschenkel auf ihre gebräunten, wohldefinierten Beine fiel. Sein Blick blieb an der Sonnenbrille hängen, während sie mit ihnen auf die Seite ihrer Oberschenkel nahe der langen, gezackten Narbe, die an ihrer Beinseite entlanglief, tippte. Die Narbe war seinem Blick verborgen geblieben, als sie an ihm auf dem Weg zu ihrem Truck vorbei gejoggt war. Jetzt war sie jedoch, auch wenn sie verblasst war, als offensichtliches Überbleibsel von, wie er sich vorstellte, einem schmerzhaften Unfall oder einer Operation zu erkennen.

„Also, jetzt da ich den aus dem Weg geschafft habe, können wir reden.“

Ihre fröhliche Stimme zog seinen Blick weg von ihren Beinen und zu ihrem Gesicht, um ihren klaren Blick zu treffen. Sie lächelte und verwandelte sich sofort mit einem schnellen Tritt in die Magengrube von hübsch zu umwerfend.

„Reden?“, murmelte er und hatte Schwierigkeiten, seine Aufmerksamkeit von dem Schmerz ihres Unfalls zu ihrem beschwingten Tonfall und diesen Augen zu lenken. *Dieses Lächeln. Es brachte ihn komplett aus der Fassung.*

„Ja, zuerst einmal gefällt mir dein Motorrad. Eine wirkliche Schönheit." Sie drehte sich zu der Knucklehead und sein Blick blieb erneut an der schlimmen Narbe hängen. Sie war verblasst, aber aus diesem Winkel betrachtet muss sie einst, vor Jahren, wirklich schrecklich gewesen sein.

Trents Gedanken wanderten vorübergehend zu einer Zeit zurück, die er sehr bemüht war, zu vergessen. Er schüttelte seinen Kopf und zwang seine Aufmerksamkeit zu seiner Harley. „Danke. Ich mag sie."

Sie drehte sich mit breitem Lächeln wieder um. „Ich hoffe, du nimmst mich irgendwann mal mit. Ich kann mir nur vorstellen, wie frei man sich fühlen muss. Und ich bin mir sicher, sie schnurrt wie ein Kätzchen während der Fahrt."

Seine Konzentration schwankte bei ihren Worten. „Du kennst dich mit alten Motorrädern aus?" So überraschend wie jede Sekunde, seitdem sie aufgetaucht war, war seine sofortige Anziehung zu ihr, die durch ihn hindurch schoss. Sein Kopf schwankte, denn es war eine Weile her, seitdem er sich unmittelbar zu jemanden hingezogen gefühlt hatte… nicht seit Erica. An Erica denkend zwang er sich, sich auf die faszinierende Frau zu konzentrieren. Darauf, herauszufinden, wer sie war und warum sie hier war.

„Ich kenne mich nicht wirklich mit ihnen aus. Ich habe nur schon viele Motorräder gesehen und ein altes Bike sticht hervor." Lilly McCall ließ den attraktiven Kerl vor ihr auf sich wirken. Auch er stach hervor, mehr noch als sein Motorrad. Er war groß, schlank und muskulös und auch wenn sie vorher ihre Recherche zu ihm gemacht hatte, war sie nicht auf die unerwartete Anziehung, die in ihr aufgekommen war, vorbereitet. Das könnte ein Problem sein. „Ich bin Lilly McCall", sagte sie, als sie bemerkte, dass sie sich nicht vorgestellt hatte.

„Ich bin Trent Sinclair, aber ich habe das Gefühl, dass du das bereits weißt." Er neigte seinen Kopf. „McCall. Warte mal, bist du die Schwester meines Schwagers?"

Sie nickte. „Bin ich. Aber er hat noch keine

Ahnung, dass ich hier bin." Sie streckte ihre Hand aus und sah ihr Spiegelbild in seiner Fliegerbrille. Sie konnte sehen, dass ihre verrückten Haare ziemlich wild aussahen von der salzigen Luft und der Tatsache, dass sie die letzten vier Stunden mit offenem Fenster gefahren war. Sie waren ein kleines Chaos und zum Doppelten ihres normalen Volumens angewachsen. *Oh Mann, es war, wie es war.*

Er nahm ihre Hand und schüttelte sie auf ernste, förmliche Weise. Ihr gefiel das Gefühl seiner schwieligen Handfläche, auch wenn es ein sehr kurzer Handschlag war. „Hast du dich verfahren?"

Sie lächelte. „Nein, ich weiß ganz genau, wo ich bin."

Er setzte seine Fliegerbrille ab und ihr Herz setzte einen Schlag aus, als auffallend blaue Augen mit der Farbe des blaugrünen Wassers der Küste ihren Blick trafen.

„Du bist also gekommen, um mich zu sehen?" Sein Blick ruhte herausfordernd auf ihrem.

Bewusstsein regte sich heftig in ihrer Brust und sie versuchte, es abzuschütteln, wie eine Frau, die Bienen abwehrte. Der Mann war so sexy wie die Helden der Bücher, die sie schrieb und sie hätte eine Reaktion der Heldin nicht besser beschreiben können als ihre Reaktion auf ihn.

„Na ja, zum Teil bin ich auch auf dem Weg zu meinem Zuhause."

Er verschränkte seine Arme – seine ablenkend muskulösen Arme – und seine Brauen senkten sich. „Deinem Zuhause?"

Sie verwirrte ihn. Sie neigte dazu, das zu tun. *Konzentration, Lilly.* „Ich bin wegen eines Baumhauses hier. Ich will, dass du mir eines baust."

Er hob eine Augenbraue. „Du weißt von meinen Baumhäusern?"

„Tue ich. Ich habe vor einem Monat mit BJ geredet und er hat mir erzählt, was jeder seiner neuen Schwäger so macht. Und er erwähnte, dass du Baumhäuser gebaut hast. Und, na ja, ich habe angefangen, darüber nachzudenken und konnte nicht so recht von der Idee ablassen. Daher bin ich hier und ich hätte gern, dass du mir eines baust. Falls du Zeit hast. Und ich hoffe wirklich, dass du das hast." Das tat sie wirklich. Sie hatte sich tatsächlich darauf festgelegt. Es war groß. Es war schwer und die skurrile Vorstellung, in einem Baumhaus zu leben, hatte sie wie ein Schraubstock ergriffen und ließ nicht von ihr los. Sie wollte dieses Baumhaus. *Wollte wirklich Wurzeln schlagen und bleiben…*

„Wo? Reist du nicht viel herum? So von einem Nationalpark zum nächsten oder so?"

Ihr Herz zog sich zusammen. „Tue ich. Ich meine, habe ich getan. Ich beginne jedoch ein neues Kapitel in meinem Leben. Ich bin…" Sie befeuchtete ihre Lippen und plötzlich juckten ihre Fußsohlen. „Ich lasse mich nieder. Hier auf Windswept Bay. BJ ist hier."

„Nun, ich finde, das ist großartig. Er hat das letzte Mal, als ich mit ihm geredet habe, nicht erwähnt, dass du kommst."

„Er weiß es nicht."

Trent sah jetzt geschockt aus. „Wirklich, du überraschst ihn?"

„Ja, tue ich." Sie hatte nicht gewollt, dass irgendjemand von ihrem Plan wusste. Sie hatte es geschafft, war es gewöhnt, Entscheidungen allein zu treffen und aus dem Bauch heraus zu handeln. „Ich werde mich mit ihm treffen, aber ich wollte mich zuerst eingewöhnen und die Sache mit dem Baumhaus ins Rollen bringen.“

„Ins Rollen?“

„Ja. Kannst du über die nächsten paar Monate ein Baumhaus in deinen Plan einbauen?“

Er stemmte seine Hände in seine in Jeans gekleideten Hüften und musterte sie jetzt mit echter Fassungslosigkeit. „Na ja, ich werde in ein paar Tagen die Umgestaltung eines Hauses fertigstellen, aber in zwei Monaten habe ich einen weiteren Auftrag.“

„Großartig. Das ist jede Menge Zeit, oder nicht?“

Er lachte. „Vielleicht. Hängt davon ab, wie extravagant du es haben willst.“

„Schön, aber nicht extravagant. Ich bin keine extravagante Person.“

„Okay, also wo ist das Grundstück? Ich werde es mir ansehen müssen.“

„Fantastisch. Es ist direkt um die Ecke den Berg hinauf.“

Er blinzelte. „Diesen Berg?“

Sie nickte, als hätte sie nichts Überraschendes gesagt, aber das hatte sie. „Ja, die Straße entlang.“

„*Du* hast das Grundstück auf der Spitze dieses Berges gekauft?“

Lilly hätte von seiner Reaktion nicht überrascht sein sollen. Natürlich würde er wissen, was das Grundstück auf der Spitze dieses Berges kostete. Er wohnte direkt hier auf halber Strecke der Straße dorthin.

„Habe ich.“ Und seine Reaktion war richtig, denn das Grundstück war nicht günstig gewesen. Sie fragte sich, was ihm durch den Kopf ging. Wahrscheinlich dachte er, dass sie einen Kredit von BJ bekommen hatte. Die Wahrheit war weit davon entfernt. „Hör zu, ich bezahle, was auch immer du willst, falls dich das beschäftigt. Aber ich habe eine Deadline. Ich brauche es innerhalb der nächsten zwei Monate.“

„Okay, aber du bist dir sicher, dass du *dort* oben ein Baumhaus haben willst? Wir sind hier an der Küste Floridas und wir haben hier von Zeit zu Zeit Wirbelstürme.“

„Ich bin mir sicher. Ich werde mit den Wirbelstürmen fertig, wenn sie kommen. Aber ich weiß, was ich will. Kannst du das machen? Ich habe mir deine Arbeiten angesehen und liebe sie." Sie legte ihre Hände in die Hüften und bereitete sich darauf vor, ihn davon zu überzeugen, zu tun, worum sie ihn bat, egal was dafür nötig war. „Ich weiß, was ich will und du kannst mir das geben."

Seine Brauen hoben sich und der zweideutige Unterton ihrer Worte überraschte sie. Die Tatsache, dass sie eine 26-Jährige war, die sich hinter ihrer Freiwilligenarbeit in den Nationalparks versteckte, war ein kleines Hindernis für ihr Liebesleben. Und da war auch die Tatsache, dass es in ihrem Inneren einen Knoten gab, der sich nicht von ihrem Herzen lösen konnte – würde. Sie konnte ihre schrulligen, süßen Romanzen schreiben, aber sich ihnen selbst tatsächlich zu öffnen, war etwas, von dem sie nicht dachte, dass sie jemals dazu in der Lage wäre.

Daher schrieb sie einfach Liebesgeschichten… wenn ihr das genügen würde, sähe sie sich keinem drohenden Schmerz gegenüber. Die Wahrheit war, dass sie nie irgendwelche Anziehung zu jemandem empfunden hatte, der ihr Herz wirklich herausgefordert hatte.

Er starrte sie an und sie realisierte, dass er nicht geantwortet hatte. „Also, bist du der Mann für den Job?"

Seine Lippen zuckten und seine Augen kräuselten sich in den Winkeln. „Womöglich. Ich werde mir zuerst das Grundstück ansehen müssen. Vielleicht sollten wir dort hochfahren und uns ansehen, was genau du in dieser etwas einschränkenden Umgebung, die du gerade beschrieben hast, haben willst."

Sie lachte erleichtert. Sie hatte ihn und das wusste sie. „Großartig! Lass uns gehen. Dein Fahrzeug oder meines?"

Weitere Bücher von Debra Clopton

Windswept Bay
Von Diesem Moment An
Irgendwo Mit Dir
Mit Diesem Kuss & Für Immer Und Ewig
Warten Auf Liebe
Mit Diesem Ring
Mit Diesem Versprechen
Mit Diesem Schwur

Die Cowboys von Mule Hollow Serie
Liebe Mich, Cowboy
Tanz Mit Mir, Cowboy
Immer Ärger mit Lacy Brown
… plus Baby macht fünf
Mein Herz gehört dir, Cowboy
Halt mich, Cowboy

New Horizon Ranch Serie
Ein Cowboy für Maddie
Ein Cowgirl für Rafe
Ein Cowgirl für Chase
Ein Cowgirl für Ty
Eine Familie für Dalton
Eine Tierärztin für Treb
Maddies geheimes Baby
Ein Cowgirl für Austin

Die Cowboys von Ransom Creek
Ihr Cowboy-Held (Vorgeschichte)
Braut zu mieten
Cooper
Shane
Vance
Drake
Brice

Über die Autorin

Die Bestseller-Autorin Debra Clopton hat bereits über 2,5 Millionen Bücher verkauft. Ihr Buch OPERATION: MARRIED BY CHRISTMAS soll sogar als ABC Familienfilm verfilmt werden. Debra ist bekannt für ihre modernen Westernromanzen, texanischen Cowboys und temperamentvollen Heldinnen. Romantik und eine Prise Humor werden immer miteinander verflochten, um den Leser zum Lächeln zu bringen. Als Texanerin in sechster Generation lebt sie mit ihrem Ehemann auf einer Ranch im Herzen von Texas und freut sich immer über Zuschriften von ihren Lesern.

Besuche Debras Website unter
debraclopton.com/deutsch

Melde dich für ihren Newsletter
www.subscribepage.com/KostenloseTexascowboyromantik

Triff sie auf Facebook unter
www.facebook.com/debra.clopton.5

Folge ihr auf Twitter unter @debraclopton

Kontaktiere sie unter debraclopton@ymail.com

www.ingramcontent.com/pod-product-compliance
Lightning Source LLC
Chambersburg PA
CBHW070641100726
47907CB00007B/2059

9781646259908